Fortitude

GUSTAVO CARVALHO

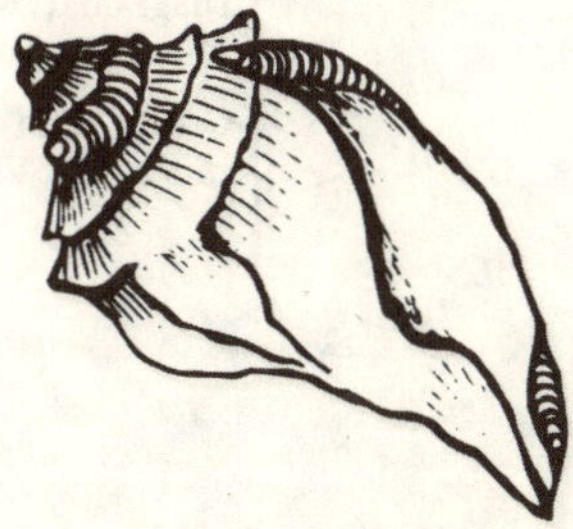

Fortitude

PandorgA

Direção Editorial
Silvia Vasconcelos

Produção Editorial
Equipe Editora Pandorga

Preparação
Ana Lúcia Sesso

Revisão
Tássia Carvalho

Diagramação
Abreu's System

Composição de capa
Cristiane L. Viana

Texto de acordo com as normas do Novo Acordo Ortográfico da Língua Portuguesa
(Decreto Legislativo nº 54, de 1995)

Dados Internacionais de Catalogação na Publicação (CIP)
Ficha elaborada por: Tereza Cristina Barros – CRB-8/7410

Carvalho, Gustavo
Fortitude / Gustavo Carvalho. – 1.ed. – São Paulo: PandorgA, 2017.
160 p. ; 16 x 23 cm.

ISBN 978-85-8442-243-2

1. Romance brasileiro. I. Título.

19.09/031-2017 CDD–869.93

2017
IMPRESSO NO BRASIL
PRINTED IN BRAZIL
DIREITOS CEDIDOS PARA ESTA EDIÇÃO À
EDITORA PANDORGA
RODOVIA RAPOSO TAVARES, KM 22.
CEP: 06709-015 – LAGEADINHO – COTIA – SP
TEL. (11) 4612-6404

WWW.EDITORAPANDORGA.COM.BR

Dicionário: s.f. Qualidade de forte; energia, força.
(Do latim fortitūdō)

Prólogo

Manu nunca foi uma pessoa fácil de se lidar. Basicamente, era conhecida pela sua bipolaridade. Não no sentido literal da palavra, mas no sentido figurado. Quando não estava de mau humor — o que ninguém, nem mesmo seus pais, conseguia suportar —, estava com um humor espontâneo imensurável. Com ela sempre foi preto no branco. Não havia cinza.

Apesar de ser filha do prefeito da cidade onde morava, cidade esta com praias banhadas pelo Oceano Atlântico, com muitos parques, centros de entretenimento e gastronomia, onde a população sabia dos mais íntimos detalhes da vida de cada habitante, ela queria viajar. Aliás, se há uma dificuldade na cidade chamada Araruama é a de esconder segredos dos outros. Manu sabia disso como ninguém, pois, como filha do prefeito Osvaldo, era quase impossível esconder suas façanhas dele. Sempre havia um delator ou uma senhora para fazer fofocas, com a desculpa de que queria o melhor para ela. *Além de velhas, elas são desocupadas*, era o que costumava dizer, quando seu pai a questionava sobre os supostos boatos que a envolviam.

Nas redondezas, ela era conhecida não somente por ser filha do prefeito, mas por sua beleza estonteante e sua fama pelas festas que dava quando estava entediada. Além do pai, morava com a sua mãe — uma socialite conhecida pelos eventos que organizava.

A jovem de pele negra e cabelo cacheado nunca fora de se gabar por seu status, mas sabia que conseguia muitas das coisas que queria por causa disso. Justamente por seus pais serem quem são. Ou, melhor dizendo, por seus próprios pais.

Sempre soube que suas amigas não eram as mais verdadeiras com ela, mas não ligava para isso. Pelo menos vivia rodeada de pessoas. Todavia, o problema não era esse. A filha do prefeito estava enjoada de ser quem era, e enojada com o comportamento de quem conhecia. Sua melhor amiga, por exemplo, era invejosa e se vestia como ela, basicamente, uma cópia sua.

Seu namorado era um valentão que pensava ser melhor do que os outros só porque era capitão do time de futebol do colégio. O mesmo time que estava se qualificando para o Campeonato Estadual Escolar graças a sua garra e dedicação. Porém, do que ela não conseguia deixar de se sentir chateada com ele era o modo como ele tratava as pessoas e "brincava" com os mais fracos. Certa vez, ele havia batido num garoto que ela conhecia desde pequena só porque ele não falava com ninguém nem respondia às suas provocações, pois pensou que ele o estava ignorando. *Honestamente, é o fim da picada*, pensou. Adam, seu namorado valentão, só queria saber de farrear nas festas e baladas ou sair com os colegas para nadar em lugares proibidos pela prefeitura da cidade, ou seja, por Osvaldo. *Adrenalina é o que há de bom na vida*, ele lhe dizia e ela bufava, impaciente, para suas ideias suicidas.

O lado bom é que em alguns meses ela estaria longe dessas pessoas e poderia recomeçar. Graças à influência e aos contatos do pai, realizaria o sonho da sua vida: fazer um intercâmbio em Londres, a capital e cidade mais importante da Inglaterra. Manu sempre foi boa com inglês, desde pequena demonstrava uma facilidade imensa com a língua, e, depois que cresceu, decidiu que queria ser professora. Pensava que depois que se formasse lecionaria Letras em uma faculdade na capital do Rio de Janeiro, onde sempre quis morar.

Manu realmente queria mudar, só não sabia como nem quando. Mudanças são boas para a vida, mas são difíceis de serem executadas. O que ela não fazia ideia é que sua vida estava prestes a ser virada de cabeça para baixo, tampouco imaginava o quanto isso lhe custaria — nem com qual intensidade.

Chris, como era chamado por sua família e seus professores (que ele pensava não saberem o seu nome verdadeiro, pois nunca o utilizaram desde quando sua mente lhe permitia lembrar), era o tipo de garoto que qualquer mãe gostaria que a filha namorasse: educado, estudioso, inteligente e, de um modo geral, com uma beleza natural e uma mente ingênua. Como seu irmão dizia, ele era uma pessoa extremamente pura num mundo de maldade como este em que vivemos.

Chris e seu irmão nunca se deram muito bem, mas também nunca foram de brigas. Não quando eram menores. Mas, de umas semanas para cá, só o que faziam era discutir, bem mais do que o normal. Talvez fosse por causa do segredo da família. Talvez fosse pela idade perigosa em que se encontravam: Chris, com dezesseis, e Cleber, com dezenove. *A idade dos hormônios borbulhantes*, como seu pai costumava dizer antes de morrer.

Seu pai foi um militar, sargento do exército brasileiro, e deixou uma pequena pensão mensal para os filhos. A mãe era professora do município, e não ganhava muito. O que ganhava mal dava para a comida, pagar as contas e as necessidades básicas, portanto, usava a pensão dos filhos para pagar os estudos deles. Apesar de ser professora, sabia que o lugar onde lecionava não era muito educacional e não dava uma boa base para um futuro promissor, por essas e outras razões, preferia pagar um colégio particular para os dois.

Cleber havia concluído o último ano do ensino médio há pouco mais de um ano, e queria servir nas Forças Armadas, como seu pai. Diferente dele, que era do exército, queria ser fuzileiro naval, portanto, estudava para isso quando dava. Porém, decidiu esperar. Pelo menos por um ano. Depois disso, decidiria com sua mãe o que fazer. Nesse meio-tempo, conseguiu um emprego de garçom num hotel com restaurante da cidade, o MarBella. Chris, por outro lado, não era nem um pouco pé no chão como o irmão. Pelo contrário, vivia sonhando e idealizando um futuro que nunca chegaria. Assim como sua família sabia disso, ele estava a par da sua condição, mas não queria mudar. A única coisa que fez depois do marcante dia em que recebeu a notícia foi escrever uma lista. Não chorou. Nem uma única lágrima foi derramada. Não se depreciou, não esperneou, não mudou, não fez nada. Absolutamente nada. Apenas uma lista com as coisas que gostaria de fazer. Quer dizer, ele sempre quis realizar os itens descritos, mas nunca encontrou coragem para levá-los a cabo. Com o corpo franzino e por não conversar muito com as pessoas, era sempre deixado de lado no colégio. Passava despercebido em muitas situações, e muitos o ignoravam. Muitos, exceto um garoto que sempre implicava com ele. Quase todos os dias, Adam tirava sarro com a cara dele — ou o batia. Chris vivia dependendo do humor de Adam para voltar para casa totalmente intacto e sua mãe ou seu irmão não perceberem que ele estava apanhando. Ou da sua sorte, para não encontrar o valentão — o que era difícil, pois, mesmo Adam sendo mais velho, ele parecia perseguir Chris para encontrá-lo —, e ficar em paz. Na sua. Como sempre.

Tímido é a palavra que o definia, mas, por uma obra do destino, isso iria mudar. Só não sabia como nem por que, mas ele estava fadado a fazer grandes coisas, mesmo que inconscientemente.

— Que lista imbecil.

Seu irmão pegou a folha de papel em que ele havia escrito há pouco e deixara em cima da cômoda — Chris havia esquecido o principal: guardá-la dentro da sua caixa de segredos para que ninguém a lesse — do quarto que dividiam desde pequenos, percorreu cada linha com os olhos e riu.

— Acha mesmo que irá realizar essas coisas?

— A esperança é a última que morre — respondeu Chris com um simples sorriso.

— Que seja...

Cleber sempre foi bom nos esportes, nunca levou um fora de uma garota e é elogiado por ser muito sociável com as pessoas. Não havia nada que ele não soubesse fazer ou que não conseguisse aprender. Sabia de tudo um pouco, desde consertar o ventilador de casa que parou de girar a dar um jeito no motor pifado do seu carro velho. Quando menor, seu irmão, Chris, ficava sentado lendo por horas a fio ou conversando com os mais velhos, enquanto ele brincava para lá e para cá ou ficava vendo seu pai trabalhar quando estava em casa.

Nunca se deu bem com o irmão porque ele era o seu oposto. As únicas semelhanças entre os dois eram físicas, sendo elas o nariz pequeno que puxaram da mãe e os cabelos castanhos que herdaram do pai. Nada mais. Ultimamente, sentia raiva do irmão mais novo por suas escolhas ultrajantes que magoavam Marta. Sempre a via chorar escondida, o que o deixava possesso por Chris não querer fazer nada para mudar. Por que ele precisava ser um idiota que vivia num mundo irreal sem ligar para a realidade em que realmente viviam? Chris sempre fora um sonhador, ele não.

Por exemplo, quando recebeu a notícia de que seu pai havia morrido por conta de um infarto fulminante, ele tinha doze anos. Foi o primeiro da família a saber, pois estava mais próximo do telefone do que os outros, e não se orgulha disso. Não porque foi ele quem recebeu a ligação, mas porque foi ele quem deu a fatídica notícia para sua mãe e seu irmãozinho. Desde então, ele decidiu que deveria curtir a vida ao máximo, pois nunca se sabe quando a Morte poderá levá-lo. Ou a qualquer um.

Aprendeu a se virar sozinho; e a surfar — o que ele conseguia fazer simplesmente vendo os outros surfistas da região pegando ondas. Há um mês, mais ou menos, tirou a carteira de habilitação. Ajudava no que podia em casa, dando parte de seu salário para sua mãe pagar as despesas com os medicamentos do irmão. O que sobrava, guardava para sair com a namorada, Sabrina, nos fins de semana. Nem sempre podia levá-la a lugares chiques, pois estes sempre estavam lotados e eram caros demais para a sua renda. Mas ela entendia. Era disso que ele gostava nela, que ela o compreendia como ninguém mais.

Sua primeira vez foi com ela. Assim como a dela foi com ele. Ambos haviam se doado por completo um ao outro, poucos dias antes da formatura do casal no ensino médio. Haviam decidido que estavam prontos para dar esse importante passo na relação deles, assim como na vida. Dessa forma, em pouco tempo eles completam dois anos de namoro.

Capítulo 1

Chris levantou na segunda-feira com um peso no coração; a sensação era de que ele estava sendo pressionado para dentro de si mesmo, como se fosse comprimido de fora, fazendo com que o ar lhe faltasse conforme caminhava na direção do único banheiro da sua casa. A porta estava fechada; Cleber estava no banho. No silêncio da manhã soturna, sua mãe chamou-o da cozinha.

Marta preparava o café como sempre fizera desde que ele podia se lembrar: pão com manteiga para o irmão, torradas com geleia para ela, e bolo de laranja para ele. O suco, como de costume, estava pronto dentro de uma jarra com gelo. Maracujá, o calmante dos deuses.

Com os olhos negros como a noite e silenciosos como o vazio, ele deu uma olhada ao redor da cozinha no momento em que puxava uma cadeira para se sentar à mesa enquanto a mãe cortava uma fatia do bolo e derramava o suco na sua caneca predileta — o último presente que seu pai lhe dera, semanas antes de vir a falecer por conta de um infarto.

O cômodo era simples, mas aconchegante. No canto extremo da cozinha, onde a pintura estava mais gasta, havia vários riscos na parede, de quando o pai media o tamanho dos filhos e fazia um risco ali com canetas esferográficas. Mesmo pintando a casa depois da morte de Agenor, nenhum deles ousou apagar aquela lembrança tão presente e vívida que tinham dele; portanto, era o canto da casa que poderia ser descrito como o mais feio, mas que, para eles, era o mais importante.

Ao olhar naquela direção, ele lembrou-se de que seu irmão sempre fora mais atlético do que ele, e, desde pequeno, ultrapassava sua altura. Pensar nisso trouxe lembranças de uma época em que eles vivam em paz, sem brigas nem discussões. Uma época na qual seu pai ainda era vivo, e, mesmo depois de sua morte, uma época em que eles se uniram para passar por isso.

A única de que ele se lembrava de ser tão próximo de Cleber quanto um irmão deveria ser.

Sua mãe lhe direcionou um sorriso perceptivelmente forçado, o qual ele retribuiu encantadoramente revelando os dentes brancos parecidos com os que ficavam estampados em outdoors de propagandas — resultado da remoção do aparelho ortodôntico no fim do ano anterior. Porém, por mais encantador que o sorriso pudesse parecer, ele não se sentia confiante com relação ao seu futuro. Nem mesmo feliz para dar um sorriso daqueles. Pelo contrário, sentia-se mais ofuscado do que nunca, mais do que chegou a se sentir durante a vida inteira. Quase como se estivesse... morto por dentro.

— Como você está? — perguntou ele, quebrando o clima de seriedade.

— Sou eu quem deve perguntar isso — respondeu ela, com a voz resignada.

O menino fitou a mãe com um sorriso inocente, meio perdido, mas com um pouco de medo nos olhos.

— Como eu deveria estar? — indagou com um tom de dúvida, não de desafio. — Na medida do possível, estou bem. Na verdade, estou mais do que bem, sinto-me revigorado, como se renascesse aos meus próprios olhos. — Mesmo dizendo essas palavras sua confiança era inexistente, mas não era isso que ele queria demonstrar para ela.

— Acho que é o oposto, Chris — disse Cleber do corredor, surgindo na passagem da cozinha.

Com uma expressão resoluta no fundo dos olhos, ele passava a mão no cabelo à escovinha, sorrindo sem vontade alguma. Tudo o que queria era mostrar o quão magoado estava com o irmão por fazer sua mãe sofrer. E, pelo amor de Deus, por fazê-lo sofrer.

— Sem querer ser ruim nem nada, não é com você, Binho. A decisão é minha e somente minha, portanto, eu peço que me entenda.

— Não é nada comigo? — ele repetiu, sentido. — Claro que é, seu egoísta! Tudo isso é comigo, conosco. Sua decisão não afeta somente a você, mas a nossa família inteira. Toda ela, caso você não saiba o que isso significa.

Marta deixou seus afazeres de lado e bateu com as mãos na mesa, com o intuito de fazê-los parar com a discussão e voltarem a se falar sem troca de farpas. Ou pelo menos para cessar mais um dos bate-bocas rotineiros dos dois. A situação em casa estava cada vez pior.

— Por favor, parem de brigar, meninos.

— Não vejo como, mãe. Seu filho é um egoistazinho da pior espécie — Cleber resmungou e foi para o seu quarto. O problema é que o quarto não era somente dele.

Chris o seguiu, mas seu irmão havia passado a chave na porta para que ele não entrasse. O que Cleber queria mesmo era esfriar a cabeça, porque a situação estava saindo do controle, desde que a médica deu o parecer final sobre o diagnóstico do irmão mais novo.

De volta à cozinha, Chris sentou-se novamente e olhou para a mãe, sem a encarar nos olhos, com vergonha pela recente discussão que a fizera presenciar.

— A senhora sabe que eu não sou importante, mãe.

— Pare de dizer essas coisas, porque você é importante para muitas pessoas.

— No momento eu só sou importante para a senhora, pois nem mesmo meu irmão está falando comigo direito, e sei que deveria bastar, mas não basta. Honestamente, eu sei que ele tem muitos motivos para estar com raiva de mim, mas esse não é um deles. A decisão é minha e somente minha, e eu não quero prolongar a minha dor.

— Mas por quê? Por que você não quer mais lutar? Há chances, filho, eu sei que há. Pense em nós, em mim... Por favor. Podemos ir a outros médicos. Algum na capital...

— Por isso mesmo que não farei nada, porque estou pensando em vocês, não em mim. Chega de médicos, mãe. — E, com isso, finalizou a conversa ao encher a boca de bolo para não precisar falar mais.

Manu levantou mais cedo do que o normal naquele dia. Quer dizer, mais cedo do que o seu normal. O que a motivava a não chegar depois do horário no colégio, como sempre fazia, era simples: Adam havia prometido surpreendê-la. Antes, ela ouvira dizer que seu namorado e seus amigos fariam uma simples brincadeira com um menino bonzinho que conhecia desde a infância. Chris, esse era o seu nome. Segundo Rachel, sua amiga copiadora, que pediu segredo, eles queriam implicar um pouco para ver se ele conseguia se enturmar — ou foi isso que queria que as pessoas acreditassem. Na verdade, ela não era tão inocente a ponto de ser enganada dessa forma, o que a levava a crer que havia algo mais.

Por mais que não quisesse confusão, precisava saber qual era a surpresa preparada para ela, se era um presente que pudesse usufruir ou algo banal que devesse ignorar — mesmo que isso significasse ver Chris levar um empurrão ou outro. Portanto, decidiu seguir com o combinado e ficar de boca calada. Até mesmo porque ela não acreditava que Adam seria capaz de machucá-lo no colégio.

Ao levantar-se, foi direto para o banheiro da sua suíte, onde se despiu e ligou o chuveiro no quente, deixando a fumaça subir conforme a água batia no chão com uma força estrondosa, para só então se enfiar debaixo dele. Como sempre fazia quando estava no banho, esvaziou sua mente dos problemas exteriores e focou somente em relaxar. Mas não conseguiu e se perguntou o porquê. A resposta não veio, portanto, apressou-se um pouco, passando o sabonete líquido pelo corpo e esfregando a pele com uma esponja fofa e macia, fazendo espuma; aplicou o shampoo no cabelo volumoso. Benditas pontas rebeldes!

Quando saiu do box, passou as costas da mão no espelho para poder ver sua imagem, que estava embaçada por causa da fumaça do chuveiro. *Por que não me sinto feliz ultimamente? Por que, mesmo sorrindo, sinto como se estivesse presa dentro de mim mesma?* Apesar de refletir sobre isso, novamente as respostas não vieram; enxugou o cabelo molhado e secou-se, correndo para o quarto para colocar o uniforme: saia de pregas e blusa de botões branca.

Por estar eufórica, desceu as escadas praticamente voando, passando como um furacão pelo hall de entrada e indo em direção à cozinha. Ao chegar lá, viu a mesa posta, recheada de pães doces e francês, croissants, bolo integral com castanhas e cereais, manteiga e requeijão, fatias de queijo, presunto e *blanquet* de peru numa bandeja, frutas como uva, banana e maçã em outra, limonada e laranjada, café e leite.

Sua mãe estava sentada à mesa, com a postura ereta perfeita e vestida como se estivesse à espera de uma visita da Câmara Municipal ou de algum político importante, como o governador ou o próprio presidente.

Ainda de pé, ignorando a presença de Miranda, ela pegou um croissant e enfiou metade do pão de uma só vez dentro da boca; bebeu um gole de café que estava numa xícara e comeu a outra metade do folhado, derramando um pouco de leite na sua xícara para então misturá-lo ao café com uma colherzinha.

— Isso são modos, filha? — perguntou Miranda, repreendendo-a à mesa.

— Não comece mãe, por favor. Hoje estou com pressa pra chegar à escola, se não percebeu.

— Claro que percebi, por isso mesmo que estou conversando com você. Não quero que minha filha seja vista com maus olhos. Já falam demasiadamente de você...

— Conversando? Sua filha? — repetiu, em tom *blasé*. — Acho que está mais para: estou puxando as rédeas para que a filha da primeira dama e do prefeito não os faça passar vergonha.

Mesmo com os constantes desentendimentos e as divergências de ideias, Manu tinha um bom relacionamento com a mãe. Não o melhor dos relacionamentos, mas não é como se fossem estranhas uma para outra ou não se gostassem unicamente por serem diferentes — apesar de que, ultimamente, andavam discordando mais do que o normal. No entanto, sempre fora mais próxima do pai. Talvez porque ele fosse mais compreensivo com ela, ou porque, mesmo depois de crescida, ele ia ao seu quarto lhe dar um beijo de boa noite todas as noites antes de dormir, ou simplesmente tentava entendê-la.

— Já conversamos sobre isso, querida. Não me prolongarei nessa ladainha.

— Ótimo! Porque eu também não — sentenciou, com um brilho de desafio nos olhos e um sorriso bem indulgente.

Ao sair, passou pela cozinha, que fora reformada no último verão; sua mãe havia convencido seu pai de que o cômodo realmente precisava de reparos e novos eletrodomésticos para que a cozinheira fosse capaz de dar o seu melhor. Manu sabia que o que Miranda queria era ostentar seu poder e sua posição na sociedade. Toda essa baboseira não passava de um pretexto para mostrar para suas amigas que poderia montar e equipar uma cozinha melhor do que qualquer outra (e qualquer uma delas).

O lugar fora reposicionado na obra e, seu espaço, remanejado, ou seja, o arquiteto contratado fez uma nova planta somente para a cozinha, que passou a se ligar com a área externa da casa, onde fica a piscina de fibra com dois níveis e a churrasqueira de tijolos. O novo fogão era de aço inoxidável com seis bocas e um forno de última geração. A geladeira de duas portas era feita do mesmo material, assim como o forno micro-ondas e o liquidificador, que ficavam no novo composto de armário embutido, com portas de vidro.

Rute, sua empregada doméstica, que há muito fazia parte da família, estava lavando louça na pia e a viu passar pelo canto do olho, sorriu, e voltou os olhos para a pilha de pratos e talheres que sujara ao preparar o café da manhã para a família Goulart. Rapidamente, as duas dialogaram como sempre costumavam fazer pela manhã.

— Bom dia, menina — disse Rute.

Ao falar, Manu percebeu, ela fazia gestos com as mãos, mesmo lavando louça. Sua voz era rouca e forte, o que às vezes fazia Manu associá-la ao urro do vento.

— Bom dia, Rutinha. Sabe onde meu pai está?

— A última vez em que eu vi o seu Osvaldo ele estava no escritório, trabalhando, como sempre.

— Cedo assim? — perguntou Manu, surpresa.

— Acho que você deveria falar com ele sobre isso, criança. Se ele continuar trabalhando nesse ritmo, vai ficar mais cansado do que eu cuidando dessa casa.

— Pode deixar que vou conversar com ele quando chegar, ele não está descansando nada esses dias... — chiou, pensativa. — Agora só vou dar uma passadinha rápida lá para me despedir dele, pode ser?

— Como queira, pequena. Mas depois não diga que eu não avisei — resmungou, balançando uma colher de madeira cheia de espuma no ar.

— Tudo bem, eu sei que você sabe das *coisas*, Rute.

— Um dia você vai dar valor ao que eu digo; você vai ver...

Isso não pode estar certo, pensou Osvaldo, no escritório. *As contas não batem*, repetiu consigo mesmo. O cômodo mais incômodo, para ele, em sua casa, era o seu escritório, pois era lá que ele refletia sobre o que fazer, como resolver seus problemas, revisar suas propostas políticas e cidadãs e decidir como chefiar sua família. Sentado em sua poltrona, com os cotovelos apoiados sobre a mesa, ele largou os papéis que segurava, tirou os óculos de grau e os depositou em cima de uma caixinha à sua frente; esfregou as têmporas com força e ficou de olhos fechados, repetindo o processo várias vezes seguidas com as pontas do dedo indicador e do polegar.

— Tudo bem com o senhor, pai? — Manu despertou-o de seu transe.

— Sim, só estou com um pouco de dor de cabeça. Não se preocupe, filha — respondeu, tentando manter um tom brando, o mais calmamente possível.

O escritório não era um dos maiores cômodos da casa. Na verdade, nem chegava perto disso; era menor do que a suíte do quarto de Osvaldo e Miranda e quase maior do que o quarto em que Rute dormia. O teto fora rebaixado e o piso era de madeira corrida, uma clara homenagem ao pequeno escritório que seu pai usara um dia na humilde casa em que ele crescera com seus dois irmãos mais velhos, antes de a vida da sua família mudar. A mesa era de madeira inglesa, datava do século XIX, mas estava em perfeito estado.

— Não sei, pode ser impressão minha, mas o senhor me parece um pouco... preocupado — arriscou, com um quê de pergunta.

Procurando manter a compostura e mostrar-se menos tenso diante de Manu, o prefeito desligou a luminária que usava para clarear um pouco mais o lugar, principalmente em sua mesa, levantou-se, abraçou-a fortemente, com um carinho imenso — de certa forma, para distraí-la do verdadeiro problema, mas, acima de tudo, pelo amor que por ela sentia.

— Como eu disse, está tudo bem, não se preocupe. Acho que está na hora de você ir para escola, ou vai se atrasar.

O prefeito, um homem de caráter, honesto e de bom senso, nada mais era do que um projeto do que seu pai fora: um político que lutou pelo povo, e pelos direitos deste. Só havia um problema em sua vida, e ele não sabia como havia se metido nisso.

— Ai, Senhor, esqueci completamente. Justo hoje que eu queria chegar mais cedo... Tchau, pai. — Beijou-o rapidamente na bochecha e saiu correndo, passando novamente como um furacão pela sala de estar, e pegando sua mochila que havia deixado lá ao descer.

Marta batera na porta do quarto dos meninos antes de ir para o trabalho, pedindo a seu filho mais velho que a abrisse, pelo menos para que o mais novo pudesse pegar a mochila para ir estudar. Cleber não atendera ao pedido da mãe na íntegra, nem muito menos obedecera à ordem que se seguiu, mas ao menos abriu rapidamente a porta, entregando a mochila para ela por uma fresta. Antes de fechá-la mais uma vez, tivera a impressão de ouvir um pedido de desculpas vindo de seu irmão. Porém, não entregou os pontos e bateu a porta, continuando com raiva dele. Sabia que aquela era uma atitude extremamente imatura e infantil da sua parte, mas se permitiu ser assim ao menos uma vez; não pôde evitar.

Desde que discutira com Chris, Cleber estava deitado em sua cama, pensando nos fatos decorridos em sua vida que o levaram até aquele ponto. Fitando o vazio, inconsciente e consequentemente, ele encarava um ventilador que girava lentamente no teto, o suficiente para movimentar o ar e refrescar o lugar. Perdera as contas de quantas vezes havia se desentendido com o irmão nos últimos dias. Há meses vinha dando-lhe suporte, sempre ao seu lado, mas na última semana ele não o fez por merecer. Muito pelo contrário, fez escolhas para ele, pensando nele, mas se esquecendo do irmão e da mãe, e isso irritava Cleber. Na verdade, o magoava profundamente, pois Chris queria desistir, não queria mais lutar pela própria vida, e isso não era justo, principalmente com ele mesmo. Afinal de contas, ele estava se privando de uma vida repleta de felicidade, mesmo que com dificuldades. As chances eram ínfimas, é verdade, mas havia como sobreviver. Seu caso não era um caso perdido, não era como se estivesse fadado a morrer cedo. Jovem. *Poderia sobreviver*, a médica dissera; mas, por mais que não quisesse entender o irmão, no fundo Cleber sabia que não havia garantias da forma como ele sobreviveria caso se submetesse à cirurgia. Da mesma forma como ele não queria perder o irmão, não sabia se conseguiria lidar com o fato de vê-lo acamado, em estado vegetativo, deformado pelas possíveis sequelas, ou com demência. O risco que corria se concordasse em ser operado era gigantesco; a doutora Margareth também havia explicado isso. Não havia certeza de nada quando se tratava do cérebro. Ainda mais quando era um problema raro como o de Chris: extremamente delicado e frágil de ser cirurgicamente retirado.

Pensar nisso, nessas questões mórbidas, levava Cleber a refletir sobre o seu passado que se fazia vivo em seu presente, sobre a parte da vida que seu irmão talvez nunca viesse a ter. Amor. Deixando-se levar pelas memórias do passado, ele voltou ao dia em que seu amigo, Allan, descobrira que ele estava apaixonado.

Cleber subiu na caminhonete de Pedro para ir ao colégio com seu amigo, Allan, ao seu lado, e empurrou um monte de entulho para um outro canto a fim de poder se sentar. Allan, fitou-o, desconfiado.

— Olha só para ele — disse, com um sorriso irônico brotando no rosto. — É só sorrisos hoje. Por que a cara de bobo está mais perceptível do que o normal?

— O quê? — Cleber nem havia escutado suas palavras, de tão mergulhado nas lembranças que estava. — Do que você está falando?

— Não se faça de sonso, rapaz. Você está quase saltitando enquanto anda e contando carneirinhos acordado, viajando na maionese. Se você quer saber, esse sorriso bobo na sua cara só pode significar duas coisas: ou você ganhou na loteria ou dormiu com alguma garota na noite passada, e, como você continua estudando e morando nesta cidadezinha, você não está rico, então... só nos resta uma opção.

— Sem comentários — Cleber o cortou.

— Ah, eu sabia! Seu safado! Qual é o nome dela?

Cleber olhou para a rua enlameada e balançou a cabeça em um sinal claro de que da sua boca não sairia nenhuma informação. Principalmente o nome *dela*.

— Qual é cara, não vai contar nem para o seu amigão aqui?

— Parece que vai chover, não concorda?

— Não, não parece nada. Pode parando de querer me enrolar. Conte--me cada detalhe sórdido, seu conquistador.

— Acho que vou deixar a barba crescer um pouco, não sei...

— Que mané deixar a barba crescer! Para de ser idiota e fala de uma vez o motivo dessa felicidade escancarada!

— Se eu contar, você vai me deixar em paz?

— Não é essa a intenção.

— Ótimo, porque você não vai saber mesmo.

Sabrina e Cleber se conheceram no segundo ano do ensino médio, quando ela foi morar em Araruama com os pais, numa mudança por causa do emprego deles. No começo, não se deram muito bem e, ouso dizer, muito mal se olhavam quando passavam perto um do outro, mas, por ironia do destino, tiveram de fazer um trabalho em dupla, e o professor escolheu justamente os dois para formarem par. A partir de então, eles começaram a se falar, conhecendo um pouco mais um do outro, notando semelhanças e gostos em comum, ideias que compartilhavam e opiniões peculiares sobre assuntos abrangentes.

Naquele dia, Cleber lembrou-se, ele havia ligado para Sabrina para conversar sobre a noite anterior. Allan, acertara em cheio quando dissera que ele havia dormido com uma garota, mas não do modo como ele pensava que fosse. A verdade é que ambos caíram no sono fazendo pesquisas para montarem o dossiê sobre as favelas do Rio de Janeiro que o professor de geografia os encarregara de fazer. Obviamente não poderia contar isso aos seus amigos, pois, além de tirarem sarro dele, com certeza não acreditariam na inocência da situação, portanto, decidira ficar calado e guardar para si o que realmente aconteceu: ao despedir-se dela, antes de sair de sua casa, eles se beijaram na varanda; por sorte, os pais dela ainda não haviam chegado do trabalho. Assim, decidiram deixar a relação em segredo, pois eles não sabiam aonde isso os levaria, nem se daria em alguma coisa, por ser recente demais. E, aparentemente, fizeram bem, pois, poucos meses depois, assumiram o namoro em público.

Acne leve na parte inferior do rosto, cabelo bem batido dos lados e maior em cima; músculos rígidos e bem definidos nos braços, peito e costas largos e pernas fortes e bem exercitadas. Por conta do futebol, Adam precisava depilá-las, mas nem por isso parecia menos másculo, ou assustador.

Adam havia repetido o terceiro ano; estudar por si só era chato, mas estudar a mesma série, de novo, por incompetência própria, era o cúmulo. O pior, na mente dele, não era isso. O pior mesmo é que ele culpava os professores pelo seu deslize, e não a si mesmo. Para ele, eles poderiam tê-lo passado, mesmo que não merecesse. *Oras, é claro que merecia; sempre merecera as melhores coisas*, pensara.

Por essas e outras que preferia jogar bola. Não era preciso ser o mais inteligente para ser bom em campo; era preciso ser bom, e isso ele era. Podia ser o maior babaca de Araruama, o mais egocêntrico e valentão, mas era o melhor jogador de futebol daquela região. Não é para menos que fora nomeado capitão do time do colégio no seu segundo ano do ensino médio. O rapaz era brilhante, só não usava sua capacidade para o bem.

Ao lado do seu amigo, e, como as más línguas costumavam dizer, capacho, Igor, namorado de Rachel e goleiro do time, um brutamonte tão valentão quanto ele, procurara por Chris nos corredores do colégio, sem sucesso. Fora encontrá-lo pouco depois, nos arredores do lugar, no pátio, que estava vazio àquela hora da manhã.

— Olha ele lá! — disse Igor, cutucando o amigo com o cotovelo para chamar a sua atenção.

— Ótimo, o encontramos na hora certa. — Adam sorriu maliciosamente. — Olha quem está chegando. — Indicou com a cabeça quem vinha em sua direção, um pouco eufórico: Manu.

O pátio era um campo amplo e espaçoso, com mesas e bancos de madeira como aquelas que a gente vê em piqueniques, brinquedos como os das praças, e cercado por uma grade de metal. Como era cedo, a maioria das pessoas não estava no colégio, e sim indo para lá; as que lá estavam, se dispersavam pelo prédio. Chris gostava de ficar naquele pátio pela manhã, pois, como um lugar de recreio, ele sentia como se lhe oferecesse segurança e conforto, principalmente naquela manhã, que queria refletir um pouco sobre sua vida, mas...

— Qual foi, panaca?! O que está fazendo aqui sozinho? — perguntou-lhe Adam, chutando o banco para o lado ao se aproximar do menino. — Não fique aí sentado, vai, levanta! — Deu-lhe um empurrão, o que o fez perder o equilíbrio e quase cair.

— Por que você faz isso, Adam? Alguma vez eu já fiz mal para você? — perguntou Chris, pondo-se de pé e reunindo coragem sabe-se lá de onde para enfrentá-lo. — Pra qualquer um de vocês? — incluiu Igor.

— Só o fato de você existir e ser como é já me faz mal — respondeu ele, empurrando-o novamente. — Não preciso de mais nada pra bater em você.

Naquele momento, Manu entrara no pátio e vira a cena de longe, enquanto Adam dava mais um empurrão em Chris, desta vez, derrubando-o no chão. Ele caiu sentado, e encolheu as pernas, protegendo o rosto com os braços para evitar os golpes baixos que viriam a seguir — e vieram. Ambos chutaram suas pernas, quatro ou cinco vezes, machucando-o para valer, e fazendo com que a calça dele rasgasse próximo ao joelho direito. Igor pegou-o pelos braços e levantou-o e, logo em seguida, Adam deu um soco em sua barriga, fazendo-o curvar-se, e depois outro... em sua cabeça.

Por mais que quisesse resistir, o menino não obteve sucesso. Era fraco, sabia disso, e não conseguia revidar para se defender, pois nunca aprendera a brigar — nem mesmo quando seu irmão brincava de luta com ele quando mais novo. Mas, mesmo se martirizando por dentro, o que o deixava com mais raiva — e medo — era que o último soco que levara realmente doeu, e não foi uma dor comum, como quando se bate com a cabeça acidentalmente em algum lugar, mas uma dor excruciante. Tamanho foi o sofrimento que lágrimas desceram pelo seu rosto; ele engoliu em seco e, numa pequena distração dos dois agressores, saiu correndo, deixando a mochila para trás, no chão, próxima ao banco em que estivera sentado minutos antes. Aí então ele a viu, sua paixão de infância, a garota dos seus sonhos; Manu estava parada, uns sete metros distante de onde ele fora agredido pelo seu namorado e o amigo sem cérebro dele. Ela estava ali, assistira a tudo, e não fizera nada. Tão perto... mas ao mesmo tempo tão distante.

Capítulo 2

Realmente não dera sorte. Chris sabia dessa possibilidade. Sabia que poderia dar de cara com Adam nos corredores do colégio. Também sabia que, caso isso viesse a acontecer, ele não seria poupado. Mas ele não ligava para isso, ou pelo menos passou a não ligar. Acostumou-se com isso depois de um tempo sofrendo nas mãos daqueles valentões. Porém, o que realmente o magoava — e machucou mais do que qualquer surra que pudesse levar — era o fato de Manu estar com eles, ver o que fizeram com ele e não mover nem um dedo para impedir. Nem um único passo ou pedido para que parassem. Não se movimentou nem chamou outra pessoa, um professor ou inspetor, em seu auxílio. Na sua visão, e doía admitir isso para si mesmo, ela era cúmplice deles, ou seja, tão culpada quanto. Ou mais.

Como quase sempre fazia depois de sofrer nas mãos dos valentões do colegial, Chris fugia para chorar sozinho em seu cantinho. Sem novas interrupções ou maus-tratos dos colegas.

Apressou o passo, mesmo com dificuldade por causa das lesões que sofrera há pouco, disfarçando para que ninguém percebesse que chorava ou visse para onde ele ia. Com o tempo, ele ficou bom em se esconder, em manter sua presença o mais imperceptível que pudesse. Tropeçou uma ou duas vezes no cadarço do seu tênis, mas, por sorte, não caiu. Passou por um ou dois pedreiros no segundo piso e desviou-se dos destroços e entulhos da obra, esgueirando-se por entre sacos de cimento e uma pilha enorme de tijolos.

Ali ele se sentia seguro — de verdade —, longe daqueles olhares incisivos que sempre o fitavam de esguelha, como se ele fosse um extraterrestre, longe daqueles dois implicantes que sempre o prejudicavam ou injuriavam.

Sentado, olhando para o horizonte e vendo a linha da praia, ele podia finalmente respirar. Chris estava no único lugar onde era intocável. O único lugar onde Adam e seus amigos não poderiam mexer com ele. Um lugar de cuja existência eles nem sabiam.

Ele descobrira o pequeno paraíso quando estava no fim do primeiro ano do ensino médio. O espaço era uma varanda de pouca extensão nos fundos do prédio educacional, entre o segundo andar e a laje coberta de telhas, como uma sacada. Rodeada por uma grade, a sacada era como um pedaço à parte da realidade que vivia sempre que punha os pés no colégio.

Agarrou-se à grade e deu uma olhada ao redor: casas, lojas, meia dúzia de prédios e a praia repleta de quiosques e parquinhos de madeira. Alguns poucos surfistas ao longe, como formiguinhas no mar, e pessoas indo de um lado para o outro nas ruas da cidade. Felizmente, ele não herdara os olhos da mãe, e podia enxergar longe sem a necessidade de óculos de grau — um mal que atingia a maior parte dos seus familiares.

Os raios solares incidiam sobre os moradores da cidade e refletiam-se nas janelas dos prédios mais altos. A linha do horizonte demarcava o mar, fazendo um contraste com as cores do céu manchado pelo sol. *Aquela paisagem realmente daria uma bela pintura*, pensou Chris. *Imagine imortalizá-la num quadro... como eu queria estar com meu material aqui. Seria um belo lugar para refletir e deixar as ideias fluírem.*

— Você é rápido, menino! Nunca corri tanto assim na minha vida — disse Manu, passando por entre os entulhos, com cuidado, parando para respirar fortemente, com as mãos nas coxas, cansada, para recuperar o fôlego.

Ele não sabia o que dizer, o que fazer ou como reagir, simplesmente se virou para encará-la e seu corpo paralisou-se diante dela. Ela não sabia o que dizer, o que fazer ou como lidar com ele, essa seria a primeira vez que realmente dirigia a palavra a ele.

— Não sei nem o que dizer... O que eles fizeram — ela desviou o olhar dele para a vista da cidade, e corrigiu-se — o que eu fiz foi horrível. Não deveria ter ficado calada, muito menos parada. Sinto muito mesmo.

— Tudo bem, não se preocupe. — Chris balançou os ombros e mexeu no cabelo, sem jeito com o pedido de desculpas dela. — Já estou bem, viu só? — Sorriu como uma criança, calorosamente, o que fez seus olhos diminuírem e parecerem fechados, e foi engraçado, mas de um modo encantador.

— Sério mesmo? — perguntou, para confirmar.

Aquela sensação estava crescendo dentro de Chris — uma mistura efervescente de medo e... paixão. Atração e encanto. A timidez dele começou a fazer efeito, tomando conta do seu eu e fazendo-o enrubescer de vergonha pelo contato direto com a garota dos seus sonhos.

— Bem sério — respondeu solenemente. — Meu nome é Chris...

— Toledo — ela interrompeu-o. — É, eu sei quem você é.

— Hum... — ele balbuciou, espantado porque ela sabia o seu nome, e feliz por isso. — Nem preciso dizer que eu sei quem você é. Manu Goulart, a filha do prefeito.

Assim que as palavras saíram, ele percebeu a besteira que havia feito. Não deveria deixá-la saber que ele era caidinho na dela. Nem que, bem provavelmente, sabia mais sobre ela do que a própria.

— Sim. — Deu um sorriso brincalhão e caminhou em sua direção, ficando de frente para ele. — Provavelmente deve ser eu mesma — brincou, e ele percebeu que quando fazia uma piada ela inclinava a cabeça para o lado, deixando seu cabelo cair como uma brilhante cascata ondulada.

— O que vocês estão fazendo? É proibido ficar aqui — bradou uma voz rouca e facilmente reconhecível: o diretor.

Washington, um homem baixo e rechonchudo, com o cabelo ralo, calvo, na casa dos cinquenta anos, usava uma camisa social branca com finas listras verdes, de manga comprida, dobrada até o cotovelo, por dentro de uma calça social preta, lisa e sem bolsos laterais. Chateado por seus alunos terem ido para um lugar proibido e perigoso, ele fez uma expressão carrancuda, tentando ser o mais rigoroso possível.

Manu abriu e fechou a boca repetidas vezes, surpresa por ter sido pega no flagra e sem saber o que responder, pois, pelo que lembrava, essa seria a sua terceira infração em pouco mais de um mês, ou seja, poderia ser suspensa caso o diretor quisesse. *Tudo porque eu vivo me atrasando...*, culpou-se mentalmente.

— A culpa é minha, senhor Washington. A Manu não tem nada a ver com isso, ela só veio atrás de mim porque me viu cair e ficou preocupada, pensando que eu tivesse me machucado.

Washington, agora menos autoritário e mais preocupado com a saúde do seu aluno — aquele em particular —, chamou-os para que saíssem dali, sem dizer nenhuma palavra sequer, apenas fazendo uso de gestos, o que os deixava apreensivos — principalmente Manu.

— Chris, você precisa ter mais cuidado, meu garoto. Preste mais atenção por onde anda.

— Pode deixar, prometo que farei o meu melhor. — Sorriu, um dos seus sorrisos bondosos e gentis, que fazia qualquer um se sentir culpado por até mesmo pensar em brigar com ele.

— Muito bom — concluiu. — Ah, e não quero mais que voltem para cá, é perigoso com essa obra, e o piso daquela sacada está rachado, por causa do chão que está cedendo. Talvez tenhamos de demoli-la.

— Não — lamentara-se ele, sentido. — É realmente uma pena.

— Prometemos não vir mais aqui, diretor — disse Manu, falando pela primeira vez desde que estava caminhando lado a lado com os dois, passando pelos pedreiros. — Não é mesmo, Chris?

— Sim, Manoela. — Sua voz saíra espontânea, sem nem um quê sequer de provocação, deixando-a confusa e inquieta.

Nunca ninguém a chamara pelo nome. Não que ela lembrasse. Desde pequena, intimidou as pessoas a chamarem-na de Manu. Não gostava quando as pessoas diziam seu nome, portanto, elas não diziam. Simplesmente parecia estranho ouvi-lo saindo da boca de uma pessoa depois de quase duas décadas sendo chamada pelo apelido. Mas, quando ele disse seu nome, ela não brigou, discutiu nem pestanejou, pelo contrário, sorriu e o chamou pelo nome dele. Algo que ninguém nunca fazia, o que o deixou imensamente feliz e grato.

— Obrigada por me livrar dessa, Christopher — sussurrou de forma aveludada, para que somente ele pudesse ouvir.

Capítulo 3

O resto da manhã passou como um borrão para Chris e Manu. Nenhum dos dois conseguiu prestar atenção a nada que os professores diziam e, consequentemente, não aprenderam as novas matérias que estes passaram, portanto, desistiram de tentar e se deixaram levar pela imaginação.

Apesar de saber que os garotos iriam dar uma chacoalhada em Christopher, ela não sabia que seria daquela forma. Aquilo foi selvagem demais para sua índole, e, no fim, não quisera nem mesmo saber da surpresa de Adam. Na verdade, não quis nem falar com ele pelo resto daquele dia, e assim o fez.

Na hora, não demonstrou, mas ficou surpresa pelo tratamento que o diretor dera a Chris. Por que ele não brigou com eles nem os castigou? Muito pelo contrário, depois da desculpa esfarrapada que Chris lhe dera, ele ficou preocupado que algo pudesse acontecer e ainda dera conselhos para que aquilo não voltasse a se repetir. No entanto, parecia haver mais. *Havia* mais, ela suspeitava, e, por conseguinte, isso estava na cabeça de Manu, indo e voltando, fazendo com que remoesse sobre o que poderia estar por trás dessa bondade toda. Aquela preocupação que o senhor Washington expressara passava dos limites cabíveis entre um membro educacional e um educando. *Era quase como se ele pensasse que o menino pudesse quebrar de repente*, pensou consigo mesma.

Já em casa, sozinho, pois seu irmão havia saído para encontrar-se com Sabrina antes do trabalho e sua mãe estava dando aula, Chris sentira-se tonto, perdendo um pouco de equilíbrio e foco visual, o que o fez cair no sofá da sala. Sentado, inspirando e expirando ritmicamente para normalizar sua coordenação motora, ele percebeu que daquele momento em diante sua vida seria daquela forma: irregular e imprevisível. No entanto, mesmo correndo o risco de piorar sua situação depois do dia que tivera e das dores que vinha sentindo desde a manhã, não queria ficar parado. Queria pintar, mas não tinha material suficiente para fazer o quadro que desejava, portanto, ficou andando pela casa para ver se estava melhor, e pensando no que fazer.

Avistou a enceradeira ao longe, no canto do quarto, ao lado do seu guarda-roupa e pensou consigo mesmo que deveria fazer uma surpresa para sua mãe. Quem sabe se ele deixasse a casa brilhando ela não ficaria um pouco mais feliz, como se estivesse irradiando um pouco de brilho nesses dias de escuridão que vinham perpassando suas pacatas vidas?

A campainha soou distante. Cleber mexera na caixinha diversas vezes, mas, sempre que pensava que estava consertada, logo depois percebia que o reparo não durava mais do que uma semana. Mas Chris gostava daquele som. Não queria que comprassem uma nova campainha para sua casa. Não era porque o lugar era pequeno e não precisasse realmente de campainha, mas por haver algo de especial naquele som distante que ecoava. Algo reconfortante e familiar. Porque fora ele e seu pai que haviam instalado a caixinha na parede de fora da casa, quando ele não passava de um menino de seis anos de idade.

Aos dezesseis, ele sabia o quanto era difícil manter a memória do pai viva em sua mente. Portanto, se prendia ao que podia para não o esquecer e lembrar-se sempre de como o pai era antes de morrer. Por essa e outras razões que não deixava ninguém macular sua nostalgia.

As pessoas na sua casa podem nem saber disso, mas ele sonha quase sempre com o passeio que eles nunca fizeram.

Constantemente, Chris sonha que ele, seu irmão e seu pai, os homens da família, sobem na velha picape que Cleber aprendeu a dirigir e vão em direção ao lugar de pesca da cidade. Como se fosse real, em cada sonho, ele conseguia sentir o cheiro das árvores molhadas por causa da neblina da manhã e ver o rastro de poeira e marcas de pneu que a picape deixava ao passar pela estrada de barro que eles usavam para viajar por dentro da cidade. Muito pouco utilizado pelos moradores, hoje em dia, o atalho é praticamente esquecido pela maior parte da população, a não ser por uns poucos pescadores e artesões que sabem o valor daquela estrada.

Conforme recordava a lembrança inexistente, ele esperava o momento em que seu sonho mudaria; nunca chegariam ao local de destino. Assim como na vida real, seu pai sofreria um infarto enquanto dirigia e Cleber ficaria estático, sem mover nem contrair um músculo sequer. O veículo rodopiava devagar, como que em câmera lenta, as varas de pescar quebravam com o impacto do movimento e Chris gritava, sem voz. Quanto mais queria mudar essa situação, impedir que o pior viesse a acontecer, menos controle sobre sua própria lembrança ele tinha. Era como se ele passasse a sonhar com o dia da morte do pai — mesmo que nenhum deles estivesse com ele naquele dia. O sonho sempre fora um fator regular nas suas noites, mas passaram a ser mais frequentes depois que a médica lhe deu sua sentença, há menos de um mês.

Quando deu por si, estava suando frio, com as gotas da transpiração escorrendo da franja e pingando pelo rosto. Parou um pouco para respirar e viu seu reflexo no pequeno espelho da sala: suas bochechas estavam rosadas e seus olhos, vagos, como que perdidos. Recompôs-se e endireitou sua camisa, deu uma espiada pelo olho mágico da porta de madeira e não pôde evitar o sorriso que brotou nos seus lábios — mesmo com o seu último encontro.

Abriu a porta.

— Como é que é, vai me deixar aqui na porta ou vai me convidar para entrar?

Manu sorriu e bateu de leve no ombro dele, como se sua intenção fosse dar um empurrão, ou um soco, ele não sabia dizer ao certo. Como ela havia passado pela cerca de madeira, isso permanece um mistério.

— Minha casa é sua casa, faça as honras. — Ele saiu da frente para ela poder passar.

— Obrigada, Christopher.

Christopher, de novo. Mais uma vez ela o chamou pelo nome, e ele sentiu sua pele formigar. Era como se partilhassem um segredo. Quase como se fossem... íntimos.

— Provavelmente você deve estar se perguntando o que eu vim fazer na sua casa, é só que... precisava ver como você estava depois de hoje. O que fizeram com você hoje... Correção, o que fizemos com você foi horrível, e o que você fez por mim, bem... foi muito legal. Bem altruísta da sua parte.

— Hum... Obrigado.

Raciocinando bem, era estranho pensar nessas coisas, nesses sentimentos... Chris passara a vida inteira querendo que os outros o reconhecessem, que *ela* o conhecesse, e agora, do nada, ela vinha visitá-lo em sua própria casa — aparentemente, sem motivo algum.

Realmente queria se desculpar com ele, de uma forma ou de outra, por isso, resolveu visitá-lo, ele merecia depois do dia que passara. Porém, esse não era seu único motivo para tal feito, muito menos sua única razão. A questão é que toda garota é um pouco curiosa, e Manu não era tão diferente da maioria delas, portanto, queria descobrir o que Chris escondia. Pois ela sabia que ele escondia algo, só não sabia o quê.

— Quer alguma coisa para beber? — perguntou ele, indicando o sofá para que ela sentasse.

— Não, obrigada — respondeu, sentando-se de pernas cruzadas.

— Tem certeza?

— É... um copo de água está bom.

— Só um minuto.

Ao deixá-la sozinha, na sala, Manu observou o lugar em que se encontrava cautelosa e meticulosamente. Garotas são detalhistas — e muito observadoras.

Todos os cômodos da casa em que ele morava eram pequenos. Mas, Manu sentira, seria melhor morar numa casa pequena como a dele do que morar numa gigantesca como a dela, pois ela não se sentia mais feliz por lá — nem em qualquer outro lugar. Não como antigamente. Não que pudesse se lembrar de quando se sentira contente de verdade. Algo a incomodava havia algum tempo, e não sabia o que era.

A diferença entre a sala de estar da casa dele e a dela era exponencialmente enorme. Grotesca, rudemente dizendo. As paredes dali eram de uma cor só, não só da sala como do resto da casa, pelo que pôde perceber ao entrar, enquanto as da sua casa variavam de cômodo para cômodo e, mesmo assim, de parede para parede.

Não havia duas salas, como na maioria das casas que ela visitava ou conhecia, pois a mesa de jantar ficava na cozinha. Na sala, somente dois sofás forrados por uma capa simples para proteger da poeira e sujeira, um de dois, e outro de três lugares. A estante era simples e continha poucos objetos, mas era muito bem organizada.

No centro dela, uma televisão com mais ou menos 21 polegadas, com o controle remoto sobre ela. Enfileirados na prateleira de cima havia livros do escritor Machado de Assis e outros de poemas de vários autores por ela conhecidos e desconhecidos; ao lado, uns enfeites de vidro e dois porta-retratos com fotos da família: uma delas com os meninos pequenos e o pai, e a outra com eles mais velhos, somente com a mãe. Abaixo do aparelho televisivo, um videocassete, um eletrônico que não se encontra mais à venda, e um daqueles sons estéreos com duas caixas enormes, uma de cada lado do móvel.

— Bem simples, não é mesmo? — perguntou Chris, ao voltar da cozinha, despertando-a de sua observação ao entregar-lhe o copo, e respondendo imediatamente. — Mas é um bom lugar de se viver, muito acolhedor e familiar.

— Realmente... dá para sentir isso — concordou, bebendo um pouco de água e fitando o chão aos seus pés.

O silêncio instalou-se irritante e perturbadoramente entre eles, fazendo com que se sentissem desconfortáveis, não na presença um do outro, mas por não saberem o que falar.

— Adorei o quadro. — Ela foi a primeira a retomar a conversa. — Uma bela obra de arte. Onde foi comprado?

Ao comentar sobre o quadro, eles se viraram e fitaram-no, um ao lado do outro, de frente para a obra. Ambos tinham a estrutura corporal parecida, sendo quase da mesma altura, mas tendo a cor da pele e o cabelo para diferenciá-los e distanciá-los. Além da diferença social, é claro.

O quadro estava pendurado na parede atrás deles, ou seja, onde o sofá ficava encostado. A pintura, uma bela representação da natureza em sua forma mais plena, encantava qualquer um que a visse. Em primeiro plano, via-se um cavalo correndo em direção a quem via a obra, com as patas levemente inclinadas para trás, espirrando água conforme percorria o trajeto na beira da praia, num efeito muito realístico. Em segundo plano, uma onda que ia de uma ponta a outra do quadro, com uma longa crista, como se ele se desviasse dela. Porém, numa segunda olhada, percebia-se que o cavalo não desviava de uma onda, e sim que o animal era a onda, como se ele fosse formado a partir da espuma dela, com várias sombras pinceladas diferentemente até o formar.

Pintada em tons frios, a tela parecia mais uma miragem da praia da cidade em que moravam do que uma pintura, a sensação que dava é de que fosse gravada na fotografia mais fantástica e próxima da realidade possível.

— Na verdade, fui eu que fiz.

— Perdão, o que você disse? — perguntou ela, não podendo conter seu espanto. — Você pinta? Quero dizer, foi você quem pintou isso?

— Eu tento, mas não passa de uns borrões... — Novamente ele pôs a mão atrás da cabeça, mexendo o cabelo distraidamente. Manu percebera que era como um cacoete, um movimento involuntário que ele fazia sempre que estava nervoso, ou quando ficava sem graça perto dos outros ou com o que eles falavam.

Era como na lenda, que dizem que o deus dos mares, Poseidon, criou os cavalos da espuma do mar; *provavelmente fora essa a intenção de Chris*, deduziu Manu.

— Uau... é simplesmente incrível — disse, passando o dedo pela textura da tela. — Quer dizer que estou na presença de um Picasso e não sabia?

— Prefiro Da Vinci, mas quem dera... não chego nem aos pés desses caras, quanto mais ao chinelo. Eles, sim, são artistas incríveis e indescritíveis, eu sou só um pintor de garagem que se sente único fazendo o que faz, quase como...

— Se você fosse especial — ela completou suas palavras.

— Sim. Quase isso.

Os dois sorriram, sincronizada e instantaneamente. Manu deixou-se cair, relaxando sentada no sofá, ao lado de Chris, que fizera o mesmo, e deixou escapar uma risada, do nada, que ecoou pela casa, reverberando pelos cômodos e enchendo o lugar com alegria. Naquele momento, naquele breve, mas inesquecível momento, ele tivera a certeza de que era o melhor som que chegou a ouvir em toda a sua vida.

Mais cedo, naquele mesmo dia, Cleber passara perto de um rapaz cujo nome era Igor, e ouvira uma frase ou outra de sua conversa desconexa com uma garota de pele e cabelos claros, vestida como uma daquelas líderes de torcidas dos filmes americanos, com olhos ambiciosos e uma risada forçada; lembrava-se vagamente dela no colegial... Um ou dois anos mais nova do que ele, vivia andando com a filha do prefeito, e sempre estava nas festas às quais ele ia com os amigos. Rachel, esse era o seu nome, lembrou-se.

O que ouvira não lhe agradou em nada, muito pelo contrário, deixou-o bufando e com uma imensa vontade de quebrar algumas costelas de Igor e de Adam, o panaca metido a besta que jogara com ele durante um período e repetira de ano.

Aqueles infelizes haviam batido em seu irmãozinho, e isso o deixou possesso. Entretanto, por mais que estivesse indignado, não poderia fazer nada para devolver o mal que eles fizeram a Chris, pois estava no seu local de trabalho, servindo mesas na parte de fora do hotel, na beira da praia. Mais tarde, quando fosse liberado dos seus afazeres, teria uma conversa muito séria com o irmão, de homem para homem, sem as habituais briguinhas infantis, e tentaria resolver isso de cabeça fria. Afinal, o que era de Igor e Adam estava guardado, ele só precisava esperar o momento certo para agir.

Talvez essa seja a nossa primeira conversa de verdade desde que estávamos de luto pelo nosso pai, pensou, ao deixar uma bandeja com pratos e copos recolhidos do lado de fora em cima do balcão, na parte de dentro do restaurante do hotel.

Tudo corria conforme o planejado. Adam estava se saindo melhor do que a encomenda. O plano-mestre de Rachel estava prestes a ser concluído. Gloriosamente, ela daria um golpe em Adam e Manu de uma única vez. Mataria dois coelhos com uma cajadada só, como dizem.

Rachel estava com um péssimo humor por conta de um comentário que fora obrigada a escutar na hora em que Igor foi pagar a conta. Aquele garçom mequetrefe chamou-a de Raquel. Raquel, com Q. Odiava ser chamada daquela maneira, e ele parecia saber que esse era o seu ponto fraco.

— Olá, Raquel. Como vai a vida? — Cleber enrolou um pouco para provocá-la; somente uma pequena lição por rir do que seu namorado fizera com o irmão dele.

— R-A-C-H-E-L — soletrou, impaciente. — Com CH — repetiu. — E quem é você? — perguntou, insolente.

— O cara de quem você dava em cima na maioria das festas que você ia quando estava no primeiro ano. — Ele levantou as sobrancelhas ironicamente e sorriu com desdém, como bem sabia fazer.

— Oh! — reagiu, espantada ao recordar-se dele e ver Igor vindo em sua direção.

Igor, seu namorado de 1,70m de altura e braços roliços, caminhava como se fosse o dono do lugar (o que em parte era verdade), cheio de si. Rachel não sabia o que fazer diante de tal situação, estava entre a cruz e a espada. E se Cleber falasse alguma coisa com Igor sobre seus pequenos deslizes no passado? Não, não poderia deixar isso acontecer, caso contrário ele começaria a questioná-la e, muito provavelmente, descobriria coisas que ela não queria que fossem reveladas. Além do mais, por mais que não gostasse realmente dele, não queria terminar, era conveniente estar com Igor, e era isso que ele faria caso soubesse da verdade e descobrisse seu segredo: estragaria seus planos.

— Não sei quem é você e muito menos sobre o que está falando, portanto, quero que me deixe em paz e pare de me importunar — improvisou ela, com Igor cada vez mais próximo. Precisava pensar rapidamente.

— O que é que há? — perguntou o goleiro, com sua mania de mexer os braços e gesticular com as mãos ao falar, como se contorcesse seus membros.

— Nada, bebê. — Ela agarrou-se no braço dele, como se pretendesse se pendurar. — Só estava dizendo para esse garçom que ele me confundiu com outra pessoa.

— Impossível confundir você, minha rainha — disse ele, mais para Cleber do que para Rachel.

— Sinto muito, erro meu — concluiu Cleber, com um sorriso contorcido no rosto e as mãos fechadas em punho, retesadas.

Capítulo 4

Ao chegar em casa, naquela mesma noite, Cleber fora conversar com Chris, sem que sua mãe percebesse. Não poderia deixar passar nem mais um minuto sem saber o que realmente estava acontecendo — e pelo que seu irmão vinha passando.

Abriu o portão de fora com sua chave e entrou no pequeno quintal da frente, passando pela porta de entrada, a da sala, e deixando seus sapatos lá, caminhou pelo único corredor da casa e deu boa noite para sua mãe, que estava na cozinha, fazendo o jantar; voltou, empurrando a porta do quarto, que estava encostada.

Chris estava deitado de barriga para cima em sua cama, com as mãos por baixo da cabeça e uma expressão sonhadora na face, bem mais chamativa do que o normal. Ao notar a presença do irmão, virou-se um pouco para o lado, deu um sorriso e voltou-se para sua posição inicial.

— Que cara é essa? — perguntou Cleber, surpreendendo-o.

Jogou sua mochila no canto do quarto, com seu uniforme e utensílios dentro; Chris observou-o e notou um semblante diferente em seu rosto — ele não parecia mais zangado. Cleber procurou por uma bermuda e uma camiseta na primeira e segunda gavetas da cômoda, respectivamente, enquanto esperava pela resposta à sua pergunta — a forma que encontrou para quebrar o gelo entre eles.

— Aconteceu uma coisa surpreendente hoje.

— E o que seria essa coisa?

Mudou de roupas e sentou-se em sua própria cama, com os pés no chão, de frente para o irmão mais novo, esperando pela resposta.

— Manu começou a falar comigo.

— Assim, do nada? De repente? — indagou, com pouca paciência. Como seu irmão nada disse, ele não se conteve, e questionou-o, com sarcasmo na voz. — Ou será que foi por que você levou uma surra do namoradinho dela?

Ele não negou, nem mentiu, muito menos tentou fazer-se de vítima ou culpar seu irmão mais velho por se meter na sua vida, apenas perguntou:

— Como você soube?

— Ouvi parte de uma conversa daquela menina, Rachel, com seu namorado roliço.

Chris remexera-se na cama de um lado para o outro, procurando por uma posição confortável, mas não a encontrou. Sentou-se, ficando frente a frente com Cleber, olhando-o nos olhos por um instante antes de desviá-los e encarar o cobertor debaixo dele, por entre suas pernas, cruzadas como as de um chinês.

— Me desculpe, eu sei que deveria ter contado, mas é que...

As veias do rosto de Cleber pulsavam de ódio e suas mãos pressionavam com força o colchão, de raiva. Escutar na rua, de estranhos, era uma coisa; podia ser uma fofoca maldosa, ou um boato qualquer, mas ouvir a confirmação de tamanha atrocidade vindo da boca do próprio irmão, sangue do seu sangue, era diferente. Mudava totalmente a perspectiva do assunto.

— Há quanto tempo você vem apanhando desses dois? — perguntou enfim, depois de minutos em silêncio.

Chris sentia que ele estava prestes a fazer uma besteira se não o contivesse, pois parecia que ele explodiria a qualquer minuto. Até mesmo pelo simples fato de mover o seu corpo. Contudo, precisava ser sincero. Não queria mais se desentender com ele, e queria se livrar daqueles dois — de um modo limpo, mas queria.

— Tudo começou com piadinhas idiotas, às quais eu não dei a mínima, e nem mesmo respondi. Acho que por isso Adam resolveu partir para os empurrões e esbarrões nos corredores do colégio, e como Igor sempre está com ele... depois, de uns meses para cá, começaram a me bater. Primeiro um tapa ou outro no pescoço, dos quais eu me curvava para escapar, ou evitar a dor, mas sempre era surpreendido. Ao perceberem minha estratégia, começaram os socos, como se estivessem brincando, no braço, nas costas e, quando eu dei por mim, estava sempre com um hematoma devido a isso. Após as férias do meio do ano, eu me via fugindo deles, torcendo para não os encontrar, para não precisar esconder de você ou da mamãe as marcas no meu corpo, ou não deixar que me vissem chorando. Não queria causar mais problemas para vocês... Não mais do que eu já venho causando — desabafou, chorando.

Pela primeira vez, desde que soubera sobre sua doença, chorara. Não pela enfermidade em si, mas pela dor que vinha sentindo, pelo que estava guardando dentro de si e por pensar ser apenas um peso a mais nas costas dos seus entes amados. Alguém que não vale de nada.

Já prevendo essa reação e esses pensamentos mesquinhos, por conhecê-lo bem, Cleber ficou de pé e pôs uma das mãos no ombro dele, sentido.

— Cara — suspirou longa e profundamente —, nunca diga uma coisa dessas. — Ele puxou Chris, levantando-o, num abraço fraternal e sorriu calorosamente. — Nós sempre estaremos com você. *Eu* sempre estarei com você. Não importa nada nem ninguém.

— Mas é que...

— *Shhh...* vai por mim; chora, meu irmão; pode chorar, eu estou aqui com você, e isso nunca vai mudar.

— Para sempre, Binho — murmurou em um tom dúbio, que tanto poderia ser entendido como afirmação quanto como pergunta.

— Sempre, Chris — confirmou, exercendo o papel de um verdadeiro irmão mais velho: protetor e amigo.

Ao deitar, ela tentou evitar as lembranças daquela tarde o máximo que pôde, mas não conseguiu. Por mais insistente e durona que Manu fosse, ela não conseguia ser assim na presença de Chris. Não conseguia impor suas vontades nem o controlar como fazia com os outros. Inevitavelmente, ela percebeu, era como se ele fosse indomável e livre, mesmo que de uma forma doce e ingênua, como ela sempre quisera ser, e nunca conseguiu. Por uns poucos instantes, distraiu-se e deixou-se levar pela imaginação, visualizando Chris e seu sorriso encantador, com seus olhos negros, puxando-a para perto de si e colando seu corpo ao dela. Naquele momento, Manu percebera que queria beijá-lo como nunca antes quis beijar alguém, e queria que o beijo fosse especial. Porque ele era especial. Foi então que ela teve uma ideia incomum, e muito melhor do que qualquer outra que já tivera; fechou os olhos e idealizou as possibilidades. O dia raiaria em menos de sete horas, e ela mal podia esperar. O dia seguinte seria inesquecível — para os dois.

Capítulo 5

Um novo dia se inicia, como sempre, e não poderia ser diferente na vida dos moradores da pacata e imutável cidade de Araruama. Os cidadãos punham em prática suas rotinas matinais e davam início aos seus cotidianos. Alguns, em particular, com mais afazeres e problemas do que outros. Era esse o caso de pessoas como as das famílias Goulart e Toledo, que, mesmo sem saber, se relacionariam de uma forma íntima e plena. Assim como Manu e Chris, que formariam um laço inquebrável.

Ambos os herdeiros das distintas famílias, uma com boa situação financeira, basicamente rica, e outra com baixo padrão de vida, pobre, saíram de casa e foram para o colégio; cada um fazendo o seu caminho de ida usual, mas, distraidamente, pensando um no outro.

Conforme caminhava, Chris chutava várias pedrinhas que estavam no chão para fora de vista, fosse para o matagal à sua direita ou para o outro lado da rua, à sua esquerda. A filha do prefeito ia de carona com o motorista da família, como fazia todas as manhãs, mesmo que o local não fosse distante; sentada no banco de trás, recostou a cabeça no vidro e deixou a mente vagar, sem pensar, pensando.

As aulas do dia seguiram calma e monotonamente, com um observando o outro às escondidas, e com uma troca de sorriso vez ou outra quando se flagravam espionando-se. Entretanto, mesmo com a tarde maravilhosa que haviam passado, eles não se falaram nem se sentaram próximos, não mudaram suas rotinas, mas sabiam que algo no mundo havia mudado. Algo no mundo de cada um deles, tanto interna quanto externamente. Apenas não sabiam explicar a sensação nem o porquê de senti-la.

Ninguém mexera com Chris, mas houvera comentários sobre o ocorrido; ouvira-os ao passar perto de Rachel e um grupo de estudantes elitistas, moradores da área, que riam da sua narração exagerada e fria sobre sua agressão física. Acostumara-se a ouvir burburinhos sobre si, portanto, chegara um momento em sua vida que não se importava mais com eles, e esse era um deles.

Ele não se sentia mal naquela manhã, mas passara mal durante boa parte da noite anterior. Não contara para ninguém da casa, mas sua cabeça doía e suas veias frontais pareciam saltar da sua testa, pulsando como se fossem seres vivos dentro do seu corpo. Sua visão escurecera, fazendo com que fechasse os olhos, uma reação mais instintiva do que uma solução para o seu problema, e respirou longa e profundamente, expirando o ar e inspirando-o como se meditasse. Rezou. Pediu a Deus que o deixasse livre daquelas dores, pediu com fé, uma fé genuína e pura, e esperou... esperou... Acreditou. Até que, depois de repetir várias vezes o exercício respiratório, a dor começou a ceder, dando lugar ao sono, e seus olhos começaram a pesar, levando-o para longe daquele lugar, do seu quarto: para o mundo dos sonhos.

Sonhara, realmente, mas não se lembrava com o que, nem sobre o que era o sonho, mas sabia que havia sonhado. Sentia isso dentro de si. Acordara com aquela mesma sensação que sentira ao falar com Manu, de verdade, pela primeira em sua vida, e, por isso, deduzia que deveria ter sonhado com ela. Independentemente disso, esperava continuar o dia como o começou: bem de saúde. Ao menos relativamente, dadas as circunstâncias; só não queria passar mal, nem que os outros o vissem sofrer. Foi por essa razão que não acordou seu irmão, que dormia na cama de frente para a sua, ou chamou sua mãe, que, muito provavelmente, estava corrigindo provas no quarto ao lado.

Rachel perturbara Manu a manhã inteira querendo saber detalhes da ignorância de Adam e Igor, fazendo com que a última se irritasse mais e mais com a falsa amiga. Chegara a ponto de pedir para sair de sala várias vezes seguidas, com o intuito de se livrar dela, nem que por breves instantes. No intervalo, errara propositalmente o seu nome na frente dos outros, só pelo prazer de vê-la se descabelar, metaforicamente, e corar de raiva, pois sabia que odiava ser chamada de Raquel, tremenda era sua psicose com a pronúncia do seu nome, e com quem o fizesse de forma errada.

Saindo do colégio, depois de uma manhã aparentemente comum, os dois, Manu e Chris, resolveram fazer o percurso de volta para suas casas pela praia.

Apesar de estar aterrorizado por dentro, pelo simples fato de estar em sua companhia, mesmo que silenciosamente, ele mantinha a aparência branda e relaxada, como se estivesse de bem com qualquer coisa no mundo, pronto para contar uma piada ou uma história patética ou incrível. Mas era somente uma fachada, o meio que encontrou para se manter vivo no mundo. Sobreviver aos comentários maldosos das pessoas da cidade.

Não haviam dito nem uma palavra sequer, simplesmente seguiram lado a lado, como se fossem dois estranhos que partilhavam um segredo precioso demais para que o resto do mundo soubesse. No fundo, ela sabia que havia se tornado a mestra da esquiva. Sempre conseguia escapar das investidas de Adam, que queria dar um passo a mais no relacionamento deles, das perguntas impróprias das suas amigas e da invasão de privacidade por conta da sua mãe, mas com ele era diferente. Não precisava ser quem os outros queriam que fosse — podia ser ela mesma.

Ainda na calçada, observando o mar, Chris se perdeu ao fitar sua extensão; não viu por onde andava, portanto, bateu com o pé direito num bloco de concreto que estava solto do meio-fio, que dividia a calçada da orla da praia. Manu, preocupada, pediu que ele parasse e sentasse; ele, por sua vez, tirou o sapato e a meia e colocou o pé em cima da sua coxa esquerda, segurando-o com as mãos e trazendo-o para perto do rosto, para poder ver se machucara realmente ou só ficara dolorido. Constatou, felizmente, que não passava de uma vermelhidão, dada a pancada.

Animada com a ideia de estar na praia com Chris, quando ele pôs o pé no chão, ela puxou o seu outro sapato de uma única vez, e bateu um pé no outro, deixando os seus próprios caírem na areia. Correu para a água, que cobriam seus pés sempre que uma onda era quebrada. Na primeira vez, ela sentiu seus pelos se eriçarem, por causa do choque térmico causado entre seu corpo quente e a água gelada. Logo sorriu para ele, convidando-o a se juntar a ela nessa brincadeira, e foi o que ele fez. Os dois correram pela areia molhada, como numa brincadeira de pique-pega, chutando um pouco de água e molhando seus uniformes; riam incessantemente de sua saudável infantilidade.

Alguns minutos depois, pararam para descansar e voltaram para onde deixaram seus sapatos e mochilas; Manu forrou o chão com sua canga, que sempre ficava dentro da bolsa, por precaução, e sentaram-se lado a lado, ela com as pernas dobradas de lado e ele abraçando as suas, com o queixo apoiado entre os joelhos.

— Antes eu pensava que você era tímido, mas agora eu vejo que não... você só é quieto, na sua — murmurou ela, com o olhar fixo no horizonte, presa diante da imensidão daquele oceano. — Mal falava comigo, somente um oi ou outro na infância, e olhe lá — completou, voltando ao normal.

— É que você sempre foi bonita demais para eu me sentir no direito de me aproximar de você — disse Chris, dando de ombros com uma expressão acanhada no rosto, se perguntando por que sempre falava coisas como essa para ela. — E eu não era ninguém. Na verdade, eu não sou, e sempre ficava nervoso ao seu lado — completou, sabendo que o melhor seria ficar calado, mas que, se começou, deveria terminar de se expressar.

— Ainda deixo você nervoso?

— Não — respondeu rapidamente, mas pensou um pouco mais. — Quero dizer, não como antes. Talvez um pouco. É só que... você é intimidante de vez em quando.

Manu ergueu uma sobrancelha em desafio; um sorriso discreto e travesso surgiu em seu rosto.

— Acho que isso foi um elogio... Foi um elogio, não foi?

— Tá vendo só? Intimidante — brincou ele.

A conversa fluía tão naturalmente que era como se conhecessem um ao outro desde que nasceram e se falassem desde sempre. Era fácil conversar com ele, não havia pressão nem expectativas. Não era difícil, muito menos impossível, falar com ela, estar tão próximo do seu amor de infância.

Cada um chegou a uma conclusão sobre o outro: ele de que ela era humana, não uma deusa inalcançável; ela, de que ele era sociável, não um maluco recluso e com manias estranhas — a não ser pelo vício de passar a mão no cabelo.

— Ai, Christopher, queria que minha vida fosse sempre assim... — divagou, imersa em questões pessoais.

— Assim como?

O rapaz deitou-se na canga, com o braço direito por sobre os olhos, cobrindo-os e protegendo-os do sol; a moça deitou-se de bruços, com as pernas levantadas, cruzadas no ar. Ele virou a cabeça em sua direção, como fizera com o irmão um dia antes; ela cruzou os braços e deitou sua cabeça neles. Fora um encontro de cores e sensações entre a profundidade dos seus olhos escuros, como o céu da meia noite, e a vivacidade dos olhos dela, como os de um felino domado, mas que continua sendo perigoso.

— Como quando estou com você — respondeu, e ele não pôde deixar de sorrir. — Para, Christopher, estou falando sério — defendeu-se, pensando que ele estava rindo dela. — Com você parece que eu sou uma pessoa normal, sabe, sem a pressão da minha família, principalmente da minha mãe, e a falsidade das pessoas do colégio. É como se eu não precisasse viver na corda bamba, prestes a cair para qualquer um dos lados, pois você me mantém sã, e segura. — Repentinamente, ela parou de falar e observou-o, seu rosto com uma expressão séria, esperando por mais, ansioso por isso. Então, ela continuou seu desabafo. Era fácil conversar com ele. — Não sei explicar, mas a sensação que eu tenho é de que você sempre estará comigo, mesmo quando não estiver. Posso estar falando besteiras, ou sendo precipitada, pois mal começamos a nos falarmos, e, mesmo nos conhecendo desde sempre, é como se não nos conhecêssemos, pelo menos não no mundo real, mas, dentro de mim, eu sinto que é como se te conhecesse a minha vida inteira. — Ela levantou-se de uma só vez, quase saltitando, e bateu em suas roupas para tirar os grãos de areia; Chris fez o mesmo, porém, mais lentamente. — Sinto que em você eu posso confiar.

Ele queria abrir seu coração para ela, gritar para o mundo que sempre a amara e que a cada dia que passava se apaixonava mais e mais por quem ela era, ainda mais depois de se conectarem perfeitamente, como se sempre tivessem sido amigos. Porém, não o fizera. Não por falta de coragem, mas pela vida dos dois em si: por mais que não quisesse admitir, ela pertencia a outro mundo, e tinha namorado — mesmo que este não valesse nada e fosse um idiota —, e ele, ele estava com os dias contados, não poderia prendê-la ao que restava da sua vida, seria egoísta da sua parte querer fazer isso.

— Mas e quanto ao Adam? — perguntou, virando o rosto na direção oposta à dela.

— Adam e eu estamos namorando há quase um ano, mas ultimamente é como se apenas... coexistíssemos. Nada mais.

— Hum... — produziu um ruído lento e monótono em resposta.

Com o sol pairando entre as nuvens e fazendo um belo contraste com o mar, pequenas partículas luminescentes pareciam brilhar suspensas no ar. Quase como se houvesse pequenos diamantes pela extensa orla da praia.

— Tudo que eu sei é que estou cansada de fingir — disse ela, num ímpeto de retomar a conversa, querendo ouvir a voz dele, o que ele pensava sobre o que havia dito.

Uma onda mais forte quebrou na praia, deixando um objeto esbranquiçado na areia, mas eles não perceberam. A cada onda seguida, ritmada, o objeto era trazido mais e mais para perto deles.

— Aquilo que somos hoje está presente no que fomos ontem — concluiu ele, sabiamente. — Isso não significa que você precisa deixar que o seu passado esteja presente no seu futuro. Se realmente quiser mudar, mude. Mas faça isso enquanto pode, enquanto ainda há tempo. Não deixe para depois o que se pode fazer a partir de agora.

— Será que você poderia me ajudar? A mudar, quero dizer. A ser uma pessoa melhor...

Seus olhos se encontraram e se direcionaram para o mesmo ponto em comum, simultaneamente. A concha era de um bege quase branco, mas que se colocado na superfície da praia se misturava com a areia. Manu correra para pegá-la e, ao colocá-la perto da orelha, conseguiu ouvir um som bem conhecido. O som do mar.

— Que legal, nunca vi uma dessas por aqui antes — comentou com um sorriso, pondo a concha próxima ao ouvido dele. — Meu Deus, é incrível, escuta só!

— Caramba, é impressionante mesmo! — Sua mão encostou na dela, ao pressionar o calcário um pouco mais em sua orelha, e ele sentiu sua pele quente e macia. — Como eu gostaria de guardar este momento para sempre... — refletiu ele, em voz alta, sem querer.

— E por que não pode? É o nosso momento, podemos fazer o que quisermos com ele — proclamou, com firmeza. — A partir de agora, seremos Rei e Rainha da Concha do Mar — brincou, com a mão sobre o ombro dele, imitando a cena de um filme que vira quando mais nova.

— Obrigado por isso, Rainha Manoela.

— Não há de quê, Rei Christopher.

Eles se acostumaram a ouvir seus nomes completos saindo da boca um do outro; era normal, e não queriam mudar isso, pois era uma coisa só deles e de mais ninguém.

Mesmo sem dizer muito mais, ela sabia que o que havia dito sobre ele era verdade, e que se ele não comentou nada sobre era porque não estava pronto ainda, e, embora não tivesse realizado seu devaneio de ser beijada por ele, felizmente estivera certa: seu dia havia sido inesquecível, e o dele também.

As nuvens começaram a se formar sobre eles, um prenúncio de uma provável tempestade que estava por vir, mais para a parte da noite, mas nem isso faria com que seu humor mudasse. Naquela tarde, Chris sentira-se o rapaz mais feliz do mundo. Já Manu, ela sentiu-se como uma pessoa livre, uma moça simples e feliz.

Infelizmente, o telefone celular dela tocava sem parar, interrompendo mais um dos momentos silenciosos dos dois, os quais sempre representavam mais do que realmente pareciam ser, pois era como se eles se comunicassem em cada olhar singelo.

— Sinto muito, é minha mãe, eu preciso ir.

— Tudo bem, não se preocupe...

Caminharam lado a lado, como fizeram do colégio à praia, e separaram-se quando seus caminhos se divergiram; a casa de Manu ficava em uma das ruas principais da cidade, a de Chris, mais para a parte rural — com uma boa distância da dela, mas não tanta, pelo espaço físico do lugar.

Cleber nada disse ao seu irmão, mas, depois de conversar com ele, saiu de casa, com a desculpa de que precisava comprar um sal de frutas para seu mal-estar imaginário, e foi resolver o problema da única forma que sabia que surtiria efeito: com um pouco de intimidação. Estacionou o Chevette 89, preto, que pertencera ao seu pai, na primeira vaga que encontrou pelo calçadão da praia e bateu a porta ao sair, direcionando-se ao seu objetivo.

Sabia que Adam ficava em um bar com sinuca naquela rua praticamente todas as noites em dias de semana; ao vê-lo prestes a fazer uma tacada, cutucou-o pelas costas e, com um puxão, tomou o taco de suas mãos, jogando-o em cima da mesa de sinuca. Ameaçou Adam, empurrando-o contra a parede, sem se importar com os olhares que sentira em suas costas.

— Se você encostar um dedo que seja em meu irmão novamente, mesmo que brincando, ou se eu o vir chegando em casa com um fio de cabelo fora do lugar, eu não vou querer saber o que houve, se foi você ou não quem fez, eu vou arrebentar essa sua cara de riquinho e quebrar essas suas pernas de pau. — Cleber pressionou o seu pescoço usando o braço, com força, com fúria nos olhos, encarando-o como se encara um inimigo em uma guerra. — Quero ver se você vai conseguir uma bolsa na universidade por esportes depois disso... — Deu de ombros, soltando-o, com um ar de deboche. — Só estou dizendo... você deveria enfrentar alguém do seu tamanho.

— Isso é uma ameaça? — perguntou Adam, arfando por causa do sufocamento que lhe fora causado.

— Por enquanto não passa de um aviso... — Ele sorriu, novamente debochando. — Que pode virar realidade — completou, dando as costas para ele e indo embora. — Ah! — Voltou-se. — Acho bom você levar isso a sério e não querer meter seus pais nisso, pois seria muito ruim você ser denunciado por agressão física e verbal, e como você é maior de idade... não queremos isso, não é mesmo?

— Claro que não — concordou Adam a contragosto, engolindo as próprias palavras, com raiva, e prometendo a si mesmo que se vingaria de Cleber, seu antigo colega, quando a oportunidade chegasse. Por ora, ficaria na sua e pararia de implicar com o maricas do Chris.

Agora, mais calmo e com a cabeça fria, percebia o quanto fora apressado e imprudente ao ameaçar Adam num local público. Mas o pior não era isso: seu pai era o vice-prefeito da cidade, ou seja, pensando melhor, sem a confiança do momento, ele tinha poder mais do que suficiente para prejudicar a ele e a sua família se quisesse, mesmo que fosse errado. Ele sabia que a vida nem sempre era justa; só o que podia fazer era esperar e torcer para que o assunto tivesse se encerrado na outra noite — para ambos os lados.

Independentemente de qualquer coisa, era inegável que sua atitude fraternal fora heroica e nobre. Além do mais, percebeu, ao chegar em casa, depois de mais um dia de serviço, que seu irmão estava bem, e mais contente do que o vira nos últimos tempos. Perguntara sobre o seu dia e ele contou, sem vergonha, sobre a tarde maravilhosa que tivera com Manu, e como se sentira amado, e o quanto estava amando.

— Qual é a sensação de um beijo? — perguntou Chris, inocente, com uma expressão de curiosidade estampada no rosto, antes de dormir. — Sabe do que estou falando, não sabe? Um beijo, de língua e essas coisas. Não como os selinhos que a mamãe nos dava quando pequenos.

— O que você quer dizer é... com tudo o que tem direito? — Cleber sorriu para o irmão menor, o que foi correspondido com um meneio de cabeça, e uma postura cabisbaixa.

Mesmo depois de passar por anos de experiência, ele esquecia o quanto era fundamental na vida do irmão. O quanto ele era inexperiente; poderia ensiná-lo, ou auxiliá-lo a fazer a coisa certa, mas, infelizmente, não pôde, por viver se distanciando dele.

Às vezes, Chris o irritava profundamente, em especial nos últimos tempos, com suas decisões estúpidas e pessimamente calculadas — indesejáveis. Ainda mais com relação ao seu... problema. Porém, verdade seja dita, na maioria das vezes, ele era uma pessoa incrível e vivia fazendo perguntas inocentes sobre as coisas da vida com sua expressão de criança perdida.

— Não existe nada que seja parecido com um beijo. A sensação é... quase que inexplicável. É impossível definir o beijo, pois há um zilhão de tipos de beijos, e muitas combinações, mas se você está com a pessoa certa, e sabe que é ela que você quer, bem... é a melhor coisa do mundo.

— Parece bom...

— E é; você vai ver quando chegar a hora.

Após sua pequena explicação, recordou-se do seu primeiro beijo com Sabrina. Tecnicamente, não fora seu primeiro beijo, mas foi o que ele mais considerou desde que começara a se relacionar com outra pessoa.

Por um momento, Cleber se sentiu derrotado, mas foi aí que ele lembrou que ninguém nunca o deixava para baixo, e decidiu ser mais audaz. Assim, sem dizer uma palavra, colocou as mãos na cintura dela, olhou profundamente para os seus olhos, e a puxou para si. Surpreendentemente, ela não ofereceu resistência nem se desvencilhou dele. Sabrina apenas inclinou a cabeça para o lado, fechou os olhos e deixou que ele dominasse a situação; ele a beijou com suavidade e delicadeza, como um cavalheiro, e sentiu uma sensação inacreditável — e indescritível. Desde então, esses foram os segundos mais extasiantes da sua vida. Até que começaram a namorar logo depois, e se conheceram mais profundamente.

Miranda perturbara Manu mais cedo, questionando-a sobre sua demora e querendo saber o que ela estava fazendo, pois havia chegado aos seus ouvidos boatos de que ela estava em um encontro com um garoto que não era seu namorado.

Como organizadora de eventos, primeira dama e socialite, ela não poderia deixar sua filha estragar seu futuro promissor, precisava pô-la na linha, ensiná-la a ser uma mulher recatada e de respeito — para isso, era preciso domar o seu espírito. Também queria ver a filha casada com um dos filhos de suas amigas, perfeitas escolhas, sendo Adam, filho dos seus amigos mais chegados, Ana Clara e André, a escolha mais adequada.

Por estar numa paz de espírito que qualquer um estranhava, Manu não debatera com sua mãe, o que a incomodara muito mais, e muito menos explicara qualquer coisa. Não queria dar mais motivos para falaram dela, mas não queria contar sobre Chris, portanto, deixou para lá. O melhor a fazer seria ficar quieta e esperar que sua mãe esquecesse isso, ou que pelo menos não tocasse mais no assunto, para não brigarem. Porém, uma coisa era inegável: era impossível esconder o que quer que fosse numa cidade pequena daquelas.

— Acho que a menina está um pouco distraída demais para a cabeça de Rute — dissera a senhora, provocando sua protegida enquanto ela estava na cozinha fazendo um lanche antes de ir se deitar.

— Do que você está falando, Rutinha? — Manu sentou-se na banqueta ao lado da senhora mais velha.

— Isso cheira a amor, estou dizendo...

— Ah sim, claro! Eu, Manoela Goulart, amando — ironizou, bebendo um pouco de suco, na esperança de que a outra parasse de querer descobrir porque estivera diferente o dia inteiro; indiretas não pararam de sair de sua boca desde que notara seu semblante mais ameno, quase contagioso.

— Não duvide da minha intuição, querida, você sabe que eu sinto essas coisas.

— E você sabe que eu não acredito em nada que não possa ser provado, não é mesmo?

— Um dia você vai aprender que nem tudo é preto no branco, Manuzinha... — A velha se levantou com um pouco de dificuldade, segurando-se na bancada. — Que existem mais cores do que você imagina. Agora eu vou dormir, porque uma velha como eu não deve ficar mais acordada do que um morcego — explicou, com um dos seus ditados doidos. — A última a sair apaga as luzes.

— Pode deixar, Rutinha, boa noite.

— Boa noite. — Ela saiu para o pequeno espaço que precedia a sala de jantar, e foi em direção ao seu quarto, mas sem antes revelar para Manu que percebera o que ela disse, e como disse, portanto, parou e murmurou num tom brando, por causa da sua voz rouca. — Aliás, eu notei que você se referiu a si mesma pelo nome, não pelo apelido, como sempre fez. — Não esperara por uma resposta da menina; tinha certeza de que ela a escutara.

Antes de dormir, Manu refletira sobre o seu dia, como vinha fazendo ultimamente, e pensara no que Rute dissera... Ao fazer isso, ela notou que Chris era uma pessoa reservada, com segredos, quase que misterioso, mas não sombrio. Por sua vez, a poucos quilômetros de distância, ele fazia o mesmo, e notou que ela era mais frágil do que aparentava, e mais forte do que realmente demonstrava.

Aquele havia sido um dia memorável.

Nada havia mudado. Tudo havia mudado.

Capítulo 6

— Como você enfrenta os olhares incisivos e os comentários maldosos dessas pessoas? — perguntou Manu na hora do intervalo, na quarta-feira, incomodada com o quanto as pessoas olhavam para ela enquanto conversava com Chris, e curiosa para saber mais sobre ele.

— Alguns dias são melhores que outros, sabe? Como quando eu estou pintando ou estou com minha família. Às vezes parece que a sensação de solidão desaparece; que o medo nunca existiu, e que eu sou outra pessoa. Alguém normal. Sem problemas ou... — *uma séria doença*, pensou, mas não disse — ...que seja. Mas então, do nada, sem qualquer aviso prévio, a sensação volta, e a realidade é inevitável.

Tudo se resumia a sua enfermidade. Ao seu tumor no cérebro, inoperável. A resposta que dera a ela não passara de uma deflexão, uma forma que encontrara de contar para ela o seu segredo, sem realmente o revelar.

— Hum... por incrível que pareça, é como se eu entendesse o que você está passando — solidarizou-se ela; um breve momento de silêncio permeou o momento deles. — Sabe, hoje é a primeira vez em muito tempo que eu me sinto bem conversando com outra pessoa no colégio — ela confidenciou, e então sorriu, e fez a coisa mais surpreendente e inimaginável, pelo menos para ele, esticou o braço em cima da mesa de piquenique e segurou sua mão, olhando fundo nos seus olhos, com um sorriso se formando no rosto. — Não importa o que digam, estou feliz por estar aqui com você.

Adam observava de longe sua namorada dar em cima, descaradamente, de outro cara, e se segurava para não arrumar confusão, pois precisava andar na linha — pelo menos por enquanto. Contudo, isso o deixou possesso; era um ultraje. Ainda mais por esse cara ser um maricas como Chris, não um homem como ele. Agora, mais do que nunca, precisava dar um jeito nos irmãos daquela família — eles estavam provocando-o. Afinal de contas, onde estava o respeito daquela ralé por ele?

— Vai deixar por isso mesmo? — perguntou Rachel, de pé à sua frente, provocando-o com os braços cruzados e o cabelo preso num rabo de cavalo. — Não vai resgatar sua namorada companheira e fiel?

— Pelo que estou vendo ela não parece precisar ser resgatada. Além do mais, isso não é da sua conta, ou será que é você que eu namoro? Põe uma coisa nessa sua cabecinha, Rachel, você pode ser popular como a Manu, ser parecida com ela ou querer ser como ela, mas você não é e nem nunca será metade do que ela representa para mim.

— Não queira me irritar hoje, Adam. Não estou num dia muito bom. Aliás, não entendi o intuito da defesa, não é como se você fosse o modelo ideal de namorado, ou devo lembrá-lo do seu mais recente casinho?

— Se você abrir essa boca para quem quer que seja eu juro que a única pessoa a sair prejudicada em toda essa história vai ser você.

— Se eu fosse você, eu não teria tanta certeza, queridinho. — Piscou para ele e saiu de perto, indo para dentro do prédio, requebrando delicada e sensualmente para provocá-lo; dessa vez não para tirá-lo do sério, mas para lembrá-lo de que sabia como ela mexia com ele.

Rachel sabia do segredo de Adam, afinal, esse segredo consistia no fato de que dormira com ele. No entanto, se ele descobrisse o seu segredo, ela estaria ferrada. Não seria somente no namoro dela com Igor que ele poderia dar um fim — como faria, se quisesse, ao revelar a traição cometida —, mas, sim, em todos os seus planos de enriquecer; sua fonte de dinheiro secaria, querendo ou não. Portanto, não poderia deixar vestígios sobre sua verdadeira identidade, seu verdadeiro amante.

Marta sentia que sua vida finalmente estava de volta aos eixos. Seus filhos pararam de brigar e conversavam entre si, como verdadeiros irmãos deveriam fazer. Até mesmo se sentavam à mesa com ela para o jantar — e não comiam cada um em um cômodo da casa, um querendo evitar o outro. Já era um avanço.

Tudo parecia estar indo às mil maravilhas, exceto pela descoberta recente de que o pequeno coágulo na cabeça de Chris havia crescido desde que era uma criança, e se multiplicado, com outros menores, formando, posteriormente, um tumor cerebral; infelizmente, inoperável.

Não havia um dia sequer em que não se culpasse por isso. O coágulo primogênito era tão pequeno na época em que descobrira, acidentalmente, ao fazer um exame de raios-X no seu filho, que havia batido a cabeça ao cair do escorregador, que os médicos disseram que era melhor não mexer no que estava quieto; ele havia nascido com a massa semissólida que se forma no sangue e vivido mais de dez anos com isso. Desde então, ele sempre fora uma criança normal, um menino inteligente e motivo de orgulho para qualquer mãe. Também fora próximo do pai, e isso era muito para se pedir nos dias de hoje: um filho que fosse íntimo dos pais, que os puxasse para perto de si, e não que os empurrasse para longe. Ela agradecia a Deus pelos seus filhos todas as noites antes de dormir, e todos os domingos em que ia à igreja.

Contudo, como fora aconselhada pelos mesmos médicos que detectaram o problema de Chris anos atrás, frequentemente, de seis em seis meses levava o filho para refazer os exames para que pudesse acompanhar a evolução, ou não evolução, do coágulo. Numa dessas revisões, um ano atrás, notara que mais um filamento de fibrina que retém os glóbulos sanguíneos se formara em seu cérebro, ou seja, outro coágulo sanguíneo. Como mãe, não percebera antes, pois era indolor, e Chris não reclamava de nada, portanto, não havia necessidade de fazer os exames mais de duas vezes ao ano, como fora aconselhada. Naquela época, se culpara pelo que julgou ser um deslize da sua parte. Autodenominou-se uma mãe equivocada. Porém, novamente, seu filho não poderia ser operado. Era arriscado demais. Os riscos eram muito maiores do que os benefícios; e continuaram sendo.

Caso decidisse operar, mesmo sabendo da probabilidade de sobrevivência, não era certo de que ele ficaria bem. Chris tanto poderia viver uma vida normal, ao lado da sua família, com amigos e, futuramente, uma esposa, quem sabe até mesmo um cachorro ou outro animal de estimação, quanto poderia viver uma vida instável, com oscilações no seu caso, dores e outros sintomas por causa da doença, ou mesmo um derrame. As chances eram ínfimas e as estatísticas não eram nada favoráveis, portanto, ao lado da sua mãe e do seu irmão, ele decidiu esperar e fazer o tratamento com medicamentos fortes — intravenosos e orais. Por um tempo, pareceu dar certo, os coágulos sumiram dos exames de raios-X e as dores que ele começava a sentir na cabeça, e outros efeitos como sonolência, cansaço e náusea, desapareceram; os únicos efeitos colaterais eram os dos remédios, um pouco parecidos com alguns dos que teve, mas contornáveis. Alguns meses depois, fazendo uso de medicamentos mais fracos e um acompanhamento rigoroso por parte da doutora Margareth, ela decidiu pedir um exame mais detalhado do seu crânio, a tomografia, e foi aí que descobriu o tumor cerebral, mais conhecido como câncer.

A reação de Marta foi de fracasso, como se tivesse falhado não só como mãe do seu filho, mas como ser humano. Cleber foi o único que continuava otimista, dizendo que a operação seria a melhor saída, que deveriam agarrar a única oportunidade restante e tentar prolongar a vida do seu irmão o máximo possível; ele poderia viver anos se desse certo. Uma vida tão longa e duradoura quanto qualquer outra. Mas, no fundo, sabia que isso era um sonho utópico, apenas não queria admiti-lo; então Chris o fizera. Ali, naquele consultório no centro da cidade do Rio de Janeiro, fizera sua escolha: viveria o que estava destinado a viver, sendo quem ele sempre fora, sem ficar, pelo que restava dos seus dias, passando de operação a operação ou vegetando em um leito qualquer enquanto sua família sofria com um dilema — desligar ou não o aparelho que o mantinha ligado à vida. Optou por voltar para casa e continuar como se nada daquilo realmente tivesse acontecido. Como se fosse um cara normal, vivendo uma vida normal, em uma cidade normal. Por isso, fez uma lista com seus desejos, e prometeu que os realizaria. Assim sendo, quando fosse sua hora, não hesitaria, iria de bom grado para os braços da Morte, realizado por fazer sua parte na Terra — e deixar seus entes queridos em paz, sem dores, somente saudades, para que, dessa maneira, pudesse estar descansado.

O professor de inglês, o favorito de Manu, separara a turma em duplas para fazer um trabalho para sexta-feira que envolvesse arte americana com um conteúdo moderno, abrangendo o mundo. Por ironia do destino, sorte ou predestinação, escolhera ninguém mais ninguém menos do que Chris para formar par com ela.

— Na sua casa ou na minha? — perguntou ele, na hora da saída.

Manu pensou bem no que deveria fazer: se fosse para a casa dele e sua mãe descobrisse — o que com certeza aconteceria — ela ouviria um bocado; se fossem para a casa dela, Rute estaria lá e, mesmo que Miranda chegasse da reunião que estava com as outras dondocas da região para decidir o que fazer na festa de fundação da cidade, ela não poderia brigar. Era uma atividade escolar, afinal. Além disso, eles estariam com Rute, uma pessoa extremamente cuidadosa e responsável; a mesma que cuidara dela a vida toda.

— Na minha. Minha mãe não gostaria que eu ficasse mais um dia fora de casa, não com os últimos acontecimentos...

— O que você fez, Manoela? — perguntou, preocupado.

— Bem... eu meio que destruí um vaso dela numa das festas que dei mês passado.

— Hum... meio que destruiu? O que exatamente você fez? — repetiu, segurando o riso e mexendo no cabelo.

— Ah, você sabe... quando os adolescentes bebem e saem um pouco da linha... O vaso simplesmente caiu, e eu fui a responsável por isso, pois eu que era a anfitriã da festa. Enfim, ela me culpou e me colocou de castigo: sem festas nem saídas em dias de semana por pelo menos um mês.

Capítulo 7

Chris passara em frente à casa do prefeito diversas vezes em sua vida e sempre que o fazia se encantava e espantava, na mesma medida, com a beleza do imóvel. Além de imensa — a casa mais parecia uma mansão, com mais metros quadrados do que ele conseguia identificar e no mínimo cinco vezes maior do que a dele —, era feita em um estilo romano, com pilastras brancas de sustentação e um design tão delicado quanto rústico.

Agora, dentro dela, ele se sentia pequeno e deslocado, indefeso, como se o simples fato de estar num lugar tão diferente daquele em que fora criado o tornasse inferior — menosprezado. Tão logo pensara, afugentou esse pensamento da sua cabeça e olhou para Manu, feliz por a ideia de fazer o trabalho em sua casa ter partido dela, e por ter sido convidado, mesmo que isso estivesse implícito no momento em que ela decidira o local do dever.

Manu passou pelo salão principal, o qual anunciara como sendo a sala de estar, mas que Chris discordara, teimando em dizer que mais parecia um salão de festas do que uma sala comum, seguindo por um curto corredor e indo parar na cozinha, com ele a seu encalço. Trocara algumas palavras com a simpática Rute, que, na mente de Chris, era como uma mistura de Whoopi Goldberg com Alcione; Manu indicara a porta dos fundos para que Chris esperasse por ela lá, pois precisava pegar algo no seu quarto e se encontraria com ele logo em seguida.

Ao passar pela porta, ele se viu diante de uma área ao ar livre com uma piscina de fibra maior do que dois dos maiores cômodos da sua casa, somente menor do que a morada em si (sem incluir a garagem).

Repousou sua mochila em uma das mesas de encontros de chá que Miranda usava com as outras socialites da cidade e sentou-se, suspirando, encantado com o mundo da sua paixão. Aquele era o mundo com o qual ela estava acostumada e se importava. O mundo no qual fora criada e deveria continuar sendo para o resto de sua vida. Naquele momento, pensando melhor, ele percebia que não podia querê-la por motivos óbvios. Que era errado desejá-la. Porém, mesmo que ele soubesse disso, quais eram as suas chances com ela, afinal? Ínfimas, no mínimo. Isso para não dizer: inexistentes. Mas havia algo mais... ele sabia disso, podia sentir. Em primeiro lugar, se ela não quisesse nada, não teria ido atrás dele depois de testemunhar sua surra e não fazer nada. E, mesmo depois disso, ela continuou procurando-o — à sua própria maneira, mas continuou.

Ademais, Chris sentia uma forte conexão com Manu, a qual parecia mais tangível e real a cada segundo que passava ao seu lado, a cada minuto de conversa, dia de aula, ou noite pensando nela antes de dormir. Contudo, independentemente de haver chance ou não, ele sabia que mesmo que isso não fosse fruto da sua imaginação, e estava certo de que não era, havia chances de estar se enganando por querer que fosse verdade... mas não poderia prendê-la a ele. *Afinal de contas, estou condenado*, pensou.

— Viajando na batatinha, Christopher? — Manu surpreendeu-o por estar distraído.

— Apenas pensando na vida, sabe como é...

— Estaria mentindo se dissesse que não sei. Mas, enfim, como está calor por aqui, viu? — observou, descontraída, se abanando com as mãos.

Ela havia aproveitado a ida ao seu quarto para trocar de roupas; agora usava uma bermuda jeans que deixava suas coxas à mostra, e uma blusa branca de um tecido leve, fresca para o clima quente.

— Sinto muito não ter nenhuma roupa para lhe emprestar, é que estou certa de que nenhuma das roupas do meu pai serviria em você.

— Sem problemas, não sou de sentir muito calor, mas preciso concordar que está esquentando por aqui. Importa-se se eu tirar essa camisa?

Inicialmente, ela pensara que ele estivesse querendo dizer que ficaria sem camisa, e isso a fez sentir uma pontada de calor involuntário percorrer pelo seu corpo e passar a mão na nuca, esfregando-a e jogando o cabelo para cima, no intuito de prendê-lo em um coque com o lápis que trouxera dentro do seu bolso. Ele usava duas camisas, uma por cima da outra; não queria admitir, mas estava com calor e uma imensa vontade de se jogar dentro daquela piscina, mas isso seria falta de educação e espaçoso demais da sua parte. Tirara a camisa do colégio e ficara somente com uma camiseta, sentindo-se melhor por poder respirar livremente.

— O que você foi buscar lá em cima? — perguntou ele, sem poder conter sua curiosidade, balançando o cabelo bagunçado depois de passar a camisa pela cabeça.

— Ah, havia esquecido... quanto a isso... — Puxou um papel do bolso, com uns rabiscos malfeitos e umas observações nas margens. — Fiz isto na noite passada, pensando que você poderia, você sabe... dar vida para mim.

Pegando o papel, ele entendera o que ela quis dizer; ela queria que ele fizesse um quadro para ela, pintasse seu desejo: a sombra de um casal, de costas e mãos dadas, passeando na praia de Araruama e deixando suas pegadas na areia conforme iam em direção à neblina vespertina.

— Hum... você quer que eu pinte você e o Adam?

— Não, na verdade eu quero que você pinte dois bons amigos.

— Ou seja, você e Adam — insistiu ele.

— Não vou discutir com você, Christopher. Se eu estou dizendo que são somente dois bons amigos, é porque é só isso — disse, com firmeza, batendo o pé no chão constantemente. — Nem pensei no Adam quando fiz esse rascunho.

— Tudo bem, eu faço — concordou ele, com um singelo sorriso no rosto. — Só tem um probleminha...

— Qual?

— Meu material acabou. Não tenho quase tinta e... — Ele não queria dizer que não tinha dinheiro para comprar mais e também não queria ter de pedir para sua mãe, ou que Manu comprasse para ele, mesmo que fosse um favor que ele estivesse fazendo para ela.

— Sem problemas, eu tenho alguns tubos de tintas e pincéis em algum lugar do meu quarto que nunca usei. Vou procurá-los para você e amanhã te entrego.

— Tem certeza de que não lhe farão falta?

— Como eu disse, eu nunca os usei. Tenho certeza de que serão mais úteis para você do que guardados no fundo do meu armário.

Rute olhava pelo basculante da cozinha para as crianças do lado de fora, martelando suas cabecinhas, pensando no que deveriam fazer. Não podia negar que estava se divertindo com sua menininha e sua mudança repentina por causa daquele menino. Gostara dele desde que o vira entrar na cozinha; a empatia fora instantânea. Naquela hora, mais do que antes, ela soubera a razão pela qual desconfiava do brilho nos olhos da pequena. Algo que ela nunca vira nela quando estava com Adam, o riquinho ignorante: encanto. Manu estava encantada por Chris, apaixonando-se pouco a pouco pelo menino, chegando a ponto de, mais tarde, amá-lo como nunca amou ou viria a amar alguém.

A cozinheira preparava um lanchinho para enganar o estômago dos dois enquanto eles continuavam a pensar e ela preparava o almoço, que demoraria um pouco mais. Além disso, sabia que em pouco tempo sua patroa estaria em casa e veria sua filha se envolvendo sentimentalmente com um colega de classe — mais do que ela aprovaria.

Caso Miranda viesse a ser grossa, sem perder a compostura, como só ela sabia fazer, Rute precisaria interferir. Provavelmente seria a mediadora para que ela não destratasse Chris nem provocasse uma nova discussão com Manu. Tudo o que podia esperar era que a dondoca estivesse de bom humor e não quisesse exercer seu papel de rica e superior à classe baixa.

Passaram quase uma hora no quintal dos fundos da casa de Manu, perto da piscina, pensando no que deveriam fazer para garantir uma boa nota naquela disciplina, pois o trabalho valia como nota de teste. A ideia só veio depois de Rute levar alguns sanduíches e refresco para eles e comentar que era fã de gibis — pois Chris vestia uma camiseta do Zé Carioca por baixo do uniforme do colégio, a qual ficou à mostra quando ele tirou a outra por causa do calor. Foi como se uma luz incandescente iluminasse suas mentes; como num estalo, a ideia veio: decidiram fazer uma história em quadrinhos, como as do Superman ou do Batman. Ela pensaria na história a ser desenvolvida e ele cuidaria dos desenhos e da pintura, dando vida a sua criatividade.

— Genial! Muito obrigada, Rutinha! — exclamou Manu, pulando em cima da senhora e beijando sua bochecha.

— Mas o que eu fiz, menina? — perguntou Rute, desavisada, se fingindo de confusa, mas sabendo o que havia feito; ela sempre sabia.

— Nos deu uma ideia maravilhosa.

— Realmente, dona Rute, a senhora é quase uma fada madrinha — completou Chris, sorridente.

— Oh... você que é um amor, querido.

— Tudo bem, hora de pôr a mão na massa — fazendo jus a sua fama de bipolar, Manu cortou a conversa e Rute se distanciou, voltando para a cozinha.

— Mãos à obra, então — concordou ele.

Sabrina queria sair para comemorar dois anos de namoro, mas não queria que Cleber se sentisse pressionado a levá-la a um lugar caro para que fosse especial. Sabia que ele o faria se pedisse, ou deixasse transparecer que esse era o seu desejo, mas não era egoísta a esse ponto. Além de estar ajudando nas despesas da casa e com Chris, ele estava economizando para um motivo desconhecido — depois viera a descobrir que era para lhe pedir em casamento, mas, até então, não fazia ideia disso.

Preparou uma refeição especial ao chegar do cursinho, na varanda da sua casa (seus pais estavam fora, viajando a trabalho), como forma de agradecimento pelo tempo maravilhoso que haviam passado juntos. Além disso, havia preparado minuciosamente uma noite inesquecível para os dois. Novamente, selariam o seu amor da forma mais íntima e pura existente, como fizeram pela primeira vez. Com eles não se tratava de sexo, e sim de sentirem um ao outo, entregando-se por completo e conhecendo partes um do outro como se fossem somente um.

Miranda ligou para casa avisando que demoraria um pouco mais na reunião, mas que logo estaria lá. Pediu para que sua filha a esperasse para almoçar, pois, como seu pai estava na cidade vizinha a negócios, e não poderia fazê-la companhia, não comeria sozinha. Antes de desligar, perguntara a Rute sobre quem mais estava na casa, como se desconfiasse de algo, ou melhor, soubesse que havia mais alguém por lá além dela e de Manu. Provavelmente, o motorista havia lhe dito alguma coisa, ou alguma amiga fofoqueira dela.

De qualquer forma, Rute sabia que ela sabia, mas, independentemente de saber ou não, ela não mentiria, isso não era de seu feitio.

— Um amiguinho da sala dela está aqui fazendo um trabalho de escola com ela. Não se preocupe; eles estão no quintal, bem diante dos meus olhos, onde eu posso vê-los e ficar de olho neles — respondeu de antemão, como se previsse as próximas perguntas da patroa.

— E esse amiguinho tem nome? — perguntou, com desdém.

— Chris — respondeu a empregada, sem esquentar com a provocação.

Do outro lado da linha telefônica, Miranda punha seus neurônios para trabalhar, tentando se lembrar de um garoto cujo nome era Chris e estudava com sua filha. Chris, Chris... O único Chris que conhecia era o filho da Marta, sua antiga colega de classe, esposa do falecido Toledo. Mas até onde sabia Manu não tinha amizade com ele, muito menos se falavam. O que estava havendo, afinal? Como poderia não saber de uma coisa dessas? Apressaria a reunião para ir o mais rápido possível para casa ver com seus próprios olhos essa nova faceta que sua filha inventara.

Mais ou menos meia hora depois de lancharem, Chris desenhou os primeiros quadrinhos de uma série de dez, cujo objetivo não era criar uma história profunda, apenas que passasse uma boa mensagem. Ao seu lado, Manu escrevia as falas que definiriam a defesa do super-herói inventado, defensor do meio ambiente, e ditava uma cena ou outra que Chris deveria reproduzir no papel, deixando espaço suficiente para que ela pudesse transcrevê-las na obra.

Por volta das duas horas da tarde, sua mãe chegou a casa, ávida por conhecer — e ver o que estava deixando passar — o menino com os próprios olhos. Queria saber que tipo de pessoa ele era, e o que queria com sua filha. Achava que ele estava se aproveitando da inocência dela, embora não fizesse ideia de que fosse o contrário. Que era Manu que se jogava para cima dele, quando o que ele fazia não passava de respeitá-la e agir como um verdadeiro cavalheiro.

Ao passar pelos portões de ferro da sua propriedade, pediu que o taxista estacionasse de qualquer forma e entregou o dinheiro para que o motorista da casa o pagasse, o qual fazia o papel de segurança quando não estava dirigindo para sua filha, para ela ou para fazer uma entrega ou recebimento para seu marido. Enfim, quando não estava exercendo seu papel de chofer, era um bom guarda-costas — e informante fiel. Fora ele que ligara para ela dizendo que trouxera outra pessoa com Manu do colégio; fizera isso por um pedido particular dela, que vinha ouvindo burburinhos sobre sua filha estar de papinho, como costumam dizer, com outro rapaz que não o seu namorado. O seu par perfeito, escolhido a dedo por ela após eliminar os filhos menos... agraciados das suas amigas.

Adam era a escolha mais óbvia por ser filho do vice de seu marido e da sua melhor amiga. No entanto, mesmo que ela desaprovasse a falta de interesse do rapaz em relação aos estudos, não podia negar que ele era uma boa pessoa, que, à sua maneira, se preocupava com Manu e queria o seu bem. Além do mais, ele era herdeiro de uma família que possuía vários hectares de terra espalhados pelo interior do Rio de Janeiro. Gado e casarões que lhes rendem uma boa fama e uma situação financeira mais do que confortável. Portanto, mesmo que ele quisesse seguir no ramo dos esportes, mesmo que quisesse ser um jogador de futebol, isso não importava realmente. O que importa é que ele é o genro que ela pediu a Deus: bonito, focado e de boa família. Aquele que daria uma boa vida para sua filha, sem que ela precisasse sofrer como Miranda sofreu quando mais nova, por ter nascido pobre.

— Olá! — exclamara ela ao entrar, com Rute em seu encalço. — Você deve ser o rapaz de que me falaram; Chris, filho da Marta, correto? — perguntou, fazendo bem o seu papel de anfitriã, escondendo o desgosto de ver sua única filha com alguém como ele: de um mundo diferente do dela.

— Oi, mãe — suspirou Manu, como quem não quisesse estar na presença da mãe; não com Chris ao seu lado. — Seu nome é Christopher, e estamos fazendo o dever de casa, se não se importa... — tentou despachá-la evasivamente, mas não obteve muito sucesso.

Miranda sentou-se majestosamente em uma cadeira, de frente para os dois, encarando-os e nem um pouco disposta a sair dali antes de sondar o suficiente para saciar sua curiosidade e ter certeza de que o futuro de sua filha não corria riscos.

Abafou um risinho, o qual passara despercebido pelos outros presentes, com exceção de Rute, que se manteve calada, ao constatar que estava fazendo papel de boba ao se preocupar com o envolvimento dos dois. Afinal de contas, o que ela tanto temia? Manu jamais trocaria Adam por um pé-rapado como Chris — e nem ela deixaria; nem que para isso precisasse impedi-la, caso seus devaneios se provassem concretos.

— Como a senhora conhece a minha mãe? — perguntou ele, com uma voz serena, educadamente, mas com uma pontada de curiosidade.

— Como não conhecer alguém nesta cidadezinha? — indagou, um pouco ríspida. — Sua mãe e eu nos conhecemos quando pequenas, nós fomos criadas e estudamos juntas quando mais novas.

Apesar de ponderar se deveria contar que foram criadas como iguais, optou por dizer uma meia verdade, deixando à mercê deles entenderem ou não as entrelinhas, pois Marta poderia desmenti-la, e isso não seria bom para a sua imagem.

— Hum... Bacana! Nunca imaginei essa possibilidade antes. Comentarei com a minha mãe sobre a senhora — disse Chris, entusiasmado.

— Não precisa fazer isso...

— Não tem problema, é um prazer inenarrável.

A matriarca da família Goulart não sabia se ele estava sendo sarcástico ou polido com ela, mas preferiu manter os sentidos mais alertas com relação a Chris. Deixaria os dois a sós para continuarem a fazer o dever; ficaria de olhos bem abertos quanto àquele garoto um pouco... diferente do habitual.

— Bom, vou deixá-los com suas tarefas e vou me trocar. O almoço será servido em dez minutos.

— Uns quinze, dona Miranda — corrigiu Rute, dando uma piscadela para Manu, ao voltar para a cozinha.

— Posso começar a pintar? — perguntou Chris a Manu, quando ficaram sozinhos novamente.

— Trouxe os seus lápis de cor? Porque eu não faço a mínima ideia de onde estão os meus...

— Sim, estão em algum lugar da minha mochila, espera um pouco... — remexeu dentro de sua mochila e pegou um estojo com canetas esferográficas e lápis com vinte e quatro cores diferentes. — Será que terminamos isso hoje? — perguntou, passando a mão atrás da orelha.

— Acho que sim. Se nós nos esforçarmos, conseguiremos.

Como costumava fazer todas as noites antes de dormir, desde que se lembrava, Manu dera uma passada na cozinha com a desculpa de beber alguma coisa, quando na verdade queria conversar com Rute. Às vezes, ela ficava em silêncio, fitando a parede enquanto bebia um copo com leite ou água, ou observava a senhora fazendo as últimas tarefas do dia. Já em outras vezes, instigava Rute a contar histórias de quando era mais nova e morava numa pequena cidade da Bahia. Numa dessas conversas, descobrira como ela viera parar naquela cidade do Rio de Janeiro, em especial.

Quando jovem, viera para cá com seu irmão mais velho, que conhecia gente da cidade grande que poderia lhes empregar, dando-lhes melhores condições de vida. Assim fora, no início, mas, logo depois, foram prejudicados pela falência dos seus patrões e, com mais experiência de vivência na cidade, decidiram ir cada um para o seu lado — ele continuou com a família que formara, esposa e filhos, próximo à capital, e ela fora para a Região dos Lagos, onde ouvira dizer que era um bom lugar para se viver calma e tranquilamente, com um mercado de trabalho em desenvolvimento. Ao chegar, conhecera os pais de Osvaldo quando ele não passava de um jovem entrando na fase adulta, e, desde então, vem trabalhando para a família Goulart, fazendo parte fundamental desta.

Todavia, na maioria das vezes, o que Manu realmente queria era conversar, ou simplesmente ouvir um conselho da sábia baiana que parecia sempre saber o que dizer ou fazer — principalmente por ela. Na presença de Rute, Manu sentia-se protegida. A relação delas era de muita sinceridade e sempre fora baseada em confiança; um amor incondicional.

— Pode dizer — a menina provocou, querendo ouvir as palavras saindo da boca da outra.

— Dizer o que? — fingiu-se de desentendida.

— Não se finja de boba, eu sei que você quer dizer. Não precisa se acanhar, desembucha logo.

— O Chris parece ser uma pessoa muito melhor do que o sem sal do Adam.

— Hum... que mais? — instigou a menina.

— Quer mesmo saber? Acho que você gosta de verdade desse garoto, mas não sabe o que fazer por causa da sua mãe ou porque nunca se sentiu da forma como se sente quando está com ele. Se a menina quer saber, é isso. Tenho para mim — disse indicando a si mesma com os polegares —, eu, Rute dos Santos de Jesus, que você vai aprender muitos valores com esse rapaz, e vai amar e ser amada pura e verdadeiramente, como poucos conseguem ou são capazes nesta vida.

Manu sentira-se incapaz de argumentar ou de rebater o comentário de Rute, mesmo porque fora ela quem insistiu para saber, portanto, não deveria deixar-se abalar tanto com o que desconfiava ser verdade. Mas isso mexera com ela. Talvez por não estar preparada para ouvir aquilo com todas as letras, ou por não saber como lidar com esses novos sentimentos que vinham crescendo dentro dela com relação a Chris.

— Fico grata pela sua opinião, Rutinha, mas preciso ir dormir. — Levantou-se da banqueta e deu as costas para a senhora mais velha. — Boa noite — finalizou a conversa, indo na direção das escadas, para o seu quarto.

Ao som melodioso de "Yesterday", dos Beatles, Chris pegou uma tela em branco e a pendurou em seu cavalete, visualizando sua arte; usava um pedaço de tábua como palheta. Inalou o cheiro familiar dos tecidos das telas e das tintas espalhadas que impregnavam o estúdio improvisado por ele na área de serviço da sua casa. Havia pincéis sujos espalhados, uma vasilha de água em cima de uma pequena mesa retangular e potes tingidos das mais variadas cores dentro do tanque de plástico, para serem lavados depois. O lugar estava mais bagunçado do que o normal, é verdade, mas ele queria dar início ao pedido de Manu. Queria começar o seu quadro o quanto antes — mesmo que não tivesse todas as cores de que precisava para dar vida ao retrato. Por ora, faria um esboço, pelo menos as linhas principais...

Capítulo 8

— Por que você fez isso? — questionou ele, na varanda da casa dela, confuso com sua súbita reação.

— Fiz o quê? — Sabrina perguntou, desconsertada, surpresa pela investida de Cleber.

— Hum... você deu um passo para trás? — disse ele, com sarcasmo na voz, não podendo se conter mais com a mudança no clima entre eles.

— Só porque você deu um passo para a frente — defendeu-se ela, se esquivando dele.

— Não era pra ser assim — Cleber reclamou em voz alta, surpreso pelo encontro não estar correndo como planejara. — Talvez eu quisesse beijá-la.

— Talvez eu não quisesse ser beijada. Pelo menos não agora.

Cleber deu uma volta de trezentos e sessenta graus, parando no mesmo lugar, com as mãos cobrindo o rosto, mais do que perturbado pela reação dela e pelas suas palavras.

— Isso quer dizer que talvez... um dia... quem sabe... eu possa? — perguntou ele, com o braço dobrado encostado na parede, por cima dela.

— Isso quer dizer que talvez... um dia... quem sabe... eu deixe — respondeu ela, afastando-o um pouco para que pudesse respirar ampla e livremente.

Garotas, ele pensara naquele primeiro encontro... *Garotos*, ela pensara revirando os olhos.

Minha garota, só minha, ele pensava ao vê-la usando um vestido vermelho no encontro que ela preparara para os dois comemorarem mais um mês de namoro. Após relembrar o modo como eles lidavam um com o outro, dois anos atrás, naquele mesmo lugar, ele não pôde deixar de sorrir para sua amada. Não somente pelo contraste de uma situação com a outra, mas pela beleza estonteante que ele via em Sabrina. Não era uma beleza de chamar a atenção de todos ao passar pela rua, mas uma beleza comum, natural, o que o fazia sentir-se ainda mais atraído por ela.

O homem da minha vida, ela sorria ao pensar que fizera a escolha certa em ficar com ele. *Aquele que eu quero passar o resto da minha existência ao lado. O mesmo que me faz feliz com somente um simples sorriso, poucas palavras e muito carinho. Cleber, a pessoa mais protetora e digna que eu conheço.*

— O que foi? — perguntou ela, esboçando um sorriso, quebrando o momento silencioso de admiração entre os dois.

— Já disse o quanto você é linda? — Cleber perguntara ao dar um passo à frente, desfazendo o espaço que havia entre eles.

— Não hoje — respondeu ela, rindo suavemente. — Já disse o quanto eu quero você ao meu lado?

— Acho que sim, mas eu não me recordo... — A voz dele soava baixa em seu ouvido, como se o vento lhe cochichasse um segredo. — Será que poderia dizer de novo? — perguntou, roçando-lhe levemente o pescoço com sua barba por fazer, fazendo os pelos da sua nuca e braços se eriçarem; ela sentia um frio na barriga, como no primeiro encontro.

— Talvez... — Sabrina deu um beijo rápido em sua boca — um dia... — segurou seu rosto entre as mãos e lhe deu outro beijo — quem sabe... — ele pôs um braço na cintura dela, puxando-a para mais perto de si, e o outro no seu cabelo; esperou pela conclusão da frase que havia relembrado há pouco — eu diga.

Bastou ela dizer isso que ele não resistiu. Nenhum deles. Ambos se entregaram à paixão que sentiam um pelo outro, ao amor, carinho e respeito mútuo. Ali, naquela varanda recheada de histórias passadas, naquele dia especial, o casal de namorados deixou de existir para dar lugar a um casal inevitável: o de noivos.

Cleber não conseguira conter-se nem conter a sua alegria e apressou o planejado; logo, pediu-a em casamento antes mesmo de começarem a degustar os pratos que Sabrina preparara com tanto cuidado e gosto. Havia repassado o crucial instante diversas vezes em sua mente, mas nunca parecia o suficiente. Quiçá por se tratar de sua imaginação, as peças não se encaixavam perfeitamente, ou mesmo não faziam o sentido esperado: ela dizer sim. No entanto, ela disse. Com o maior cuidado possível, retirou do bolso do colete que usava por cima de uma camisa de manga longa branca, realçada por sua calça esporte fino, uma pequena caixa hexagonal na cor vermelha. Ajoelhou-se e olhou para cima, fitando seus olhos completamente imersos na caixa que segurava com a mão esquerda; ela não reagiu, pois não conseguiu pensar em nada para dizer, e, mesmo que pudesse, cogitava não ser capaz de dizê-las: estava sufocada com a situação, de um modo bom — sem fôlego.

Sem dizer nada, ele pegou em sua mão direita e fez o seu rito de saudação, como se venerasse uma donzela, curvou a cabeça e beijou-a simples, suave e demoradamente; largou-a com delicadeza. Mais uma vez, olhou nos olhos dela, bem no fundo daqueles olhos miúdos e sedutores, e, dessa vez, abriu a caixa, surpreendendo-a indescritivelmente com o objeto contido nela. Que era um anel ela já desconfiava, era óbvio, mas não esperava que fosse *o* anel. Aquele que vira incontáveis vezes nas fotografias do casamento dos pais dele e no dedo de sua sogra. O mesmo anel de compromisso que seu pai usara anos antes para pedir Marta em sagrado matrimônio.

— Sabrina Garcia, eu sei que esta é uma maneira muito simples de lhe fazer um pedido como este... Não posso lhe oferecer nada de grandioso, não no momento, não posso lhe prometer nada sofisticado nem mesmo lhe garantir que não haverá dificuldades em nosso caminho, mas lhe dou a minha palavra de que, se você aceitar ser minha esposa, eu a farei a mulher mais feliz do mundo. — Ele tirou o anel de dentro da caixa e pegou sua mão mais uma vez. — Aqui, sob a luz desta lua nova acima de nós, no nosso cantinho querido, quero fortalecer e unir nossos laços eternamente, pois, desde o dia em que a pedi em namoro, eu sabia que era você quem eu queria ao meu lado, que era você que eu queria como mulher da minha vida.

— Ah, Cleber... — balbuciou ela, sem conseguir conter as lágrimas, ruminando o que dizer para responder-lhe decentemente; de novo não encontrou palavras que pudessem ser adequadas. Nada parecia estar à altura daquele homem imensamente maravilhoso que a fazia feliz pelo simples fato de existir. — Nem sei o que dizer... — Sem querer, dentre todas as coisas que poderia responder, optou pela resposta mais clichê delas.

— Não diga nada que não seja sim — disse ele, para descontrair, mas falando sério. — E diga logo, se puder, pois estou começando a sentir câimbras nas pernas por ficar nesta posição. — Dessa vez ele estava realmente brincando; sempre fazia quando estava ansioso; era essa a sua maneira de não enlouquecer com a espera.

Com frequência, as respostas afirmativas de Sabrina eram reveladas por um sorriso ou, mais especificamente, um riso suspirado; ela riu, entre soluços.

— Isso é um sim?

Inspirando profundamente para recuperar o equilíbrio de suas próprias pernas, o controle de seu próprio corpo e a sanidade da sua mente, ela, enfim, disse:

— Em todas as línguas. *Oui*, *sí*, *ya*, *yes*, sim. Com certeza. Totalmente.

O mais velho dos irmãos Toledo colocou o anel no dedo anelar de sua recente noiva e levantou-se com um impulso, puxando-a e pegando-a nos braços para beijá-la inclinadamente.

— Preparada para uma noite inesquecível, noivinha? — A voz dele era forte, mas sussurrada, como se quisesse seduzi-la e não precisasse se esforçar para tal; empurrara a porta da frente com o pé e pegara-a nos braços, levantando-a e levando-a para dentro da casa.

Já do lado de dentro, ele levou-a para o quarto; olhou nos olhos dela, fixando-se naquelas íris profundas que espelhavam o contentamento de Sabrina pelo novo comprometimento dos dois. Cleber segurou-a com firmeza e suavidade, e o coração dela bateu com mais força, palpitando viva e perceptivelmente em seu seio esquerdo. Com muita suavidade e perspicácia, ele deu a volta, indo para trás de Sabrina, aproximou o rosto do seu pescoço, com mais destreza do que fizera pouco antes, na varanda; tocou em seus ombros e beijou sua pele como se fosse um véu aveludado. Ela, por sua vez, ofegava a cada novo beijo como se fosse o último, e precisasse memorizar a sensação da pele dele na sua, com cada um dos seus sentidos. Com movimentos habilidosos, ele puxou o zíper do vestido, beijando suas costas milimetricamente, fazendo-a delirar; e virou-a de frente para ele.

A jovem, deixando-se levar pelo calor do momento, beijou-o fervorosamente, com uma vontade imensa, como se um beijo fosse capaz de salvá-la de quaisquer males do mundo. Ele, por outro lado, passava as mãos pelas costas dela e, num gesto rápido, desabotoou seu sutiã; ela, com mais destreza e força do que normalmente usava, fez o mesmo com seu colete e puxou sua camisa com rapidez, respectivamente. Jogou-os no chão, ao lado do seu vestido e sutiã que lá jaziam.

Cleber beijou os seios de Sabrina, primeiro o que palpitava com vivacidade, depois o direito e, por fim, entre eles. Tomou-a nos braços e deitou-a na cama com extrema delicadeza. Sabrina bateu um pé no outro com suavidade, fazendo suas sandálias caírem no chão com um baque surdo; enquanto beijava seu noivo incessantemente, desceu as mãos para sua calça, abrindo o fecho éclair e desafixando o único botão que a prendia. Assim como ela fizera, ele descalçou os sapatos, pé com pé. Ficaram naquela dança sexual por mais alguns instantes, entretanto, eles queriam mais. Clamavam por mais. Portanto, ele arriou a calça de uma vez por todas, ficando só de cueca. Agora, só com as partes de baixo, eles podiam se entrosar melhor — e foi o que fizeram.

Ela podia ouvir a respiração ofegante dele; ele podia sentir o corpo dela oscilando conforme passava as mãos por ele. Ela, por debaixo dele, cruzou sua perna direita por cima dele, cujos beijos foram descendo da sua boca, passando por seus seios e umbigo, e indo em direção ao seu órgão inferior, descobrindo-o. Ele, sentindo seus corpos vibrarem na mesma frequência, passou a língua ali com muita aptidão, fazendo-a gemer de olhos fechados. Alguns minutos depois, sem mais suportar a vontade que a consumia — de tê-lo somente para ela e de ser só dele —, ela retirou sua cueca úmida, revelando o órgão volumoso que parecia pular em sua direção.

O rapaz, sedento por aquele momento, segurou-a pelos quadris com mais firmeza do que nunca, e colocou-a em seu colo — que se posicionou experientemente, do mesmo modo como fizera quase dois anos antes, como da primeira vez em que fizeram amor. Sabrina sentiu Cleber dentro de si, por entre suas coxas, cada vez mais e mais... Não conseguia mais pensar claramente, agia por instinto. Mudaram de posição. Os movimentos de vai e vem de Cleber, sempre lentos, e depois intensificados, ditavam uma regularidade peculiar ao momento, fazendo-a mais feliz do que nunca. Como era de se esperar, ele acelerou o ritmo, e Sabrina sentia-o cada vez mais a fundo: chorava, sorria, urrava, suplicava por mais. Apertaram-se mutuamente, num abraço eternizado que parecia conter um ao outro, o mundo em si, como se fossem um único corpo habitando duas almas em um mundo solitário. Ele a conhecia, agora mais do que nunca, sabia da sua existência, e ela também.

Ali, naquela cama, explodiram os dois, ao mesmo tempo.

Mais cedo, depois de reafirmarem seus votos, eles continuaram deitados na cama um pouco mais, abraçados, com seus corpos colados um no outro, como se fossem um. Após se banharem, ela colocou uma roupa mais simples, casual, e ele, as mesmas roupas, com exceção do colete, que havia colocado para dar um ar mais formal ao encontro, e voltaram para a varanda, onde a mesa estava enfeitada com velas e flores, e os pratos estavam postos para dois, com o intuito de cessarem sua fome.

Tiveram de requentar a comida, pois, pelo tempo que havia sido feita, estava fria. Sabrina havia preparado salmão assado ao molho cítrico e de alcaparras com batatas. Comeram com vontade, sem se importarem com o fato de ter sido esquentada às pressas, nem mesmo por Sabrina ter exagerado um pouco no tempero do peixe. Nada disso importava. Tudo era especial para o casal. O mundo parecia diferente. Mais vivo e real.

Ao chegar em sua casa, naquela mesma noite, próximo à madrugada, exausto e imensamente feliz, Cleber se deixou cair em sua cama; parecia pesar quase uma tonelada.

Antes, porém, abriu o portão de casa com o maior cuidado possível, estacionando o carro silenciosamente, dando graças por ter consertado o motor, que não fazia mais um barulho alto e irritante como antes, e surpreendeu-se ao ver sua mãe sentada no sofá, à sua espera. Arregalou os olhos ao vê-la sorrindo, querendo saber como fora, se Sabrina havia aceitado seu pedido de casamento com o anel que ela lhe dera mais cedo naquele mesmo dia, quando ele fora procurá-la para pedir conselhos e sua opinião, como mãe e mulher, sobre o que estava prestes a fazer.

— O que ela respondeu? — perguntou Marta com uma expressão preocupada, de mãe, misturada com outra, sapeca, de amiga curiosa, no rosto.

— Sim! — exclamou ele, sem poder conter um sorriso que mostrava todos os seus dentes. — Agora eu estou noivo, mãe. Noivo! — repetiu, incrédulo. — Dá para acreditar?

A partir de então, eles vararam o que restava da noite, conversando pelos primeiros minutos da madrugada. Falaram de Sabrina, relembraram Agenor Toledo, pai dos meninos, e o quanto sentem sua falta. Também voltaram a tocar no delicado assunto que, infelizmente, passara a fazer parte fundamental de suas vidas: a doença de Chris.

Um silêncio constrangedor se instalara, mais perturbador e doloroso do que qualquer outro de que se lembrassem — exceto quando Cleber precisou contar para os seus familiares sobre a morte do pai. Ainda havia esperança para eles com relação ao histórico médico de Chris. Não queriam admitir que a batalha estava perdida, que não havia mais o que fazer por ele...

Naquele momento, Cleber sentiu um clique dentro da sua cabeça. Não havia o que fazer *por* ele, mas havia uma coisa que podia fazer *para* ele.

Despediu-se da mãe por volta das duas da manhã e seguiu para o seu quarto, morto de cansaço. Ao ver que Chris estava deitado, coberto e de olhos fechados, deduziu que ele estava dormindo, por isso entrou com o maior cuidado possível para não fazer barulho e, por conseguinte, acordá-lo.

Apesar de querer muito dormir, ou pelo menos deitar para descansar, ele tirou as roupas rapidamente, dobrando-as e guardando-as no seu lado do velho guarda-roupa que dividia com o irmão; vestiu uma nova cueca, limpa, e um short que usava para correr quando podia. Embora estivesse começando a esfriar durante as noites na cidade de Araruama, ele não usava roupas quentes na parte superior do corpo, somente uma camiseta gasta da qual não se livrava pelo apelo sentimental que por ela nutria — foi um presente de aniversário dado por Chris, quando menor, que juntara as moedas que sua mãe lhe dava para comprar doces, vez ou outra na escola. Só então se esparramara em sua cama, respirando profundamente enquanto fitava o vazio.

Alguns minutos depois, ele ouve um chiado distante... estava distraído, sonhando sem estar dormindo. Alguém estava chamando-o.

— Binho... ei, Binho — chamou Chris em um tom de voz baixo, com o corpo meio sentado meio deitado, inclinado em sua própria cama. — Ainda está acordado? — sussurrou, esperando não ouvir nenhuma resposta vinda do irmão.

— Sim, não dormi ainda. Mas e você, por que está acordado?

— Não conseguia pegar no sono... Qual o seu motivo?

— Também não consegui.

Como era de se esperar, a comunicação dos dois nem sempre era baseada em palavras, mas em momentos silenciosos nos quais um irmão compreendia o outro. Chris queria falar sobre o seu dia, e Cleber queria contar a novidade — se pudesse, gritaria para o mundo inteiro.

— Tive uma noite indescritível — proclamou Cleber.

— Sabrina?

— Uhum... — gemeu em resposta. — E quanto a você, como foi seu dia?

— Hum... Tive uma tarde inexplicável. — Chris quis responder como seu irmão, simples e eficazmente, mas preferiu não se fazer de misterioso. — Foi... maravilhosa. Finalmente Manu e eu nos tornamos amigos, e, sem querer parecer metido nem nada, eu realmente acho que ela gosta de mim. Pelo menos um pouco.

— Sério? Fico feliz por você, irmãozinho. — Cleber sentou-se na cama, encostado na cabeceira de madeira, e encarou o irmão menor; a pergunta que se seguiria seria de suma importância não só para a relação deles quanto para a felicidade iminente que Chris sentiria em seus últimos dias de vida. — Ainda quer realizar os itens daquela sua lista?

Chris ficou um pouco receoso, com medo de sua resposta não agradar ao irmão, mas, pensou: *foi ele que tocou no assunto, não eu. Ele.*

— Claro que sim, são meus desejos...

— Tudo bem, eu vou te ajudar.

— O quê? Mas... que... como... Por quê? — conseguiu formular uma pergunta.

— Porque você é meu irmão e irmãos devem ajudar uns aos outros, principalmente a passar pelas dificuldades. Além do mais, eu precisarei de um grande favor seu.

— Um favor meu? — repetiu, incrédulo. — Sério? O que seria?

— Quero que você seja o padrinho do meu casamento...

— Casamento... — repetiu automaticamente, sem assimilar o real sentido da palavra. — Espera um minuto, você vai se casar? — perguntou, recobrando a consciência.

— Eu *vou* me casar.

— Que legal, Binho! — exclamou Chris, entusiasmado, mas logo depois ficou cabisbaixo.

— O que houve?

— Tem certeza de que quer me escolher como seu padrinho? Porque você sabe...

Cleber levantou-se da sua cama e foi em direção à de Chris, sentando-se ao lado dele, de braços cruzados.

— Na verdade, a intenção não era nos casarmos agora, mas eu não resisti e a pedi em casamento, também, com tudo o que vem acontecendo... Nós decidimos selar nossa união numa cerimônia simbólica. Uma na qual você com certeza estará presente.

Quando ele se explicou para o seu irmão mais novo, seus olhos marejaram. Quase que as palavras finais não saíram pela sua boca, pois um nó se formou em sua garganta devido à compaixão e tristeza que sentia por Chris.

— Muito obrigado, meu irmão, você sabe... por tudo, desde sempre.

Agora Chris tinha mais um item para acrescentar à sua lista de desejos.

Abraçaram-se fraternalmente em um momento que seria eternizado pelos dois, principalmente por Cleber.

Capítulo 9

Na sexta-feira, fizera quatro dias que Manu não falava com Adam, seu (suposto) namorado. Ainda estavam brigados por causa daquele menino, e isso o irritava e muito. Como ela fora capaz de trocá-lo por um pirralho pobre daqueles? Não entendia porque não era para entender. Não dava. Afinal de contas, ele era infinitamente melhor, então não havia respostas para uma pergunta dessas. Percebe-se que ele era uma pessoa rasa e superficial.

Assim que surgiu uma oportunidade, ele pressionou Manu, no intervalo entre uma aula e outra, questionando suas mais recentes atitudes e pensamentos.

— Qual é a tua, Manoela? — Fechou o caminho do corredor com o seu próprio corpo para ela não poder passar.

Quando ouviu seu nome saindo da boca dele, ela se sentiu irritada, quase que furiosa. O formato como seus lábios se moviam, a sonoridade da palavra, o modo como ele o pronunciou... em nada era parecido com como Chris a chamava. Parecia muito mais provocativo do que carinhoso e especial. Sua vontade era de esmurrar seu rostinho debochado, tamanha era sua ira. Como ele ousava falar com ela naquele tom? Nem mesmo seu pai se dirigia a ela assim, quem dirá um playboyzinho metido a besta.

— Em primeiro lugar, não me chame de Manoela — disse ela, com firmeza e voracidade na voz e nos olhos, respectivamente. — Segundo, quem você pensa que é para falar comigo dessa forma? Não sou nenhuma daquelas suas amiguinhas que vivem dando em cima de você, pois, caso você não saiba, é o contrário. Além disso, não sei bem se entendi essa sua pergunta...

Adam a fuzilou com os olhos, como se quisesse dobrá-la ao meio e guardá-la no bolso do short de educação física. Jamais em sua vida conhecera uma pessoa tão imponente e ao mesmo tempo tão petulante quanto ela. Nem viria a conhecer.

— Primeiramente, você continua sendo minha namorada, caso você não saiba — disse ele com sarcasmo e desdém ao imitá-la, mas um pouco ofendido por ela não dar a mínima para ele; eles eram namorados, afinal de contas. — Tenho o direito de saber o que está havendo entre nós dois e entre você e o pobretão esquisito — referiu-se a Chris, dando de ombros.

Sentindo-se um pouco culpada, e nem um pouco à vontade para começar uma briga, Manu deu-se por derrotada, mais para se livrar logo de Adam do que realmente responder a sua pergunta inicial, que por sinal entendera perfeitamente. Tudo o que ele queria saber é por que ela estava agindo daquela maneira... diferente... e por que estava andando com Chris, um menino cuja presença ninguém nem notava (somente ele, quando implicava com o menino, ou pegava no seu pé) e com quem ela antes não falava. Porém, mais do que Adam ou qualquer outra pessoa, *ela* queria saber a resposta para a sua pergunta. Gostava de Chris, é verdade, e também gostava quando ele a chamava pelo nome e não pelo apelido, como as outras pessoas faziam, mesmo que, a maioria, intimadas por ela, mas não entendia isso. Nada disso. Parecia se sentir conectada a ele. Cada vez mais magnetizada. Atraída...

— Se você quer mesmo saber, estou chateada com você pelo que fez com o pobretão esquisito, como você o chamou — imitou-o ironicamente, mas demonstrando claramente seu repúdio. — Aquilo não se faz com ele nem com ninguém. Até porque ele não fez nada contra você. — Manu estava concentrada em não deixar transparecer seus mais recentes e incompreensíveis sentimentos por Chris; mesmo porque isso era inexplicável, simplesmente não podia evitar senti-los, mas não queria que Adam, nem ninguém, soubesse disso. — Agora, se você me der licença, eu preciso voltar pra aula. Ah, e quanto a nós dois, estamos terminados. Não por ele ou por você... Sabíamos que não daria certo desde o começo. Nenhum namoro forjado por outra pessoa duraria mesmo, era só uma questão de tempo. Sinto muito, mas nossas mães estavam erradas: não fomos feitos um para o outro.

— Se é assim que você quer... — Adam concordou, como se não se importasse com ela, o que não era exatamente verdade. — Não desperdiçarei mais meu tempo com você — acrescentou, para não sair por baixo.

Naquela época, ele não queria e nem iria admitir, nem para si mesmo, mas realmente gostava de Manu. Não era só um namoro arranjado por suas mães, ele sabia disso. Assim como também sabia que não dera valor o suficiente a ela, que fora um canalha e que perdera a pessoa mais valiosa da sua vida, mesmo que não fosse franco consigo mesmo e não percebesse isso clara e visualmente... Entretanto, logo isso mudaria...

Apesar de sua mãe querer que Manu voltasse de carro com o motorista para casa, ela conseguira burlar essa regra devido a um imprevisto: sua classe fora liberada mais cedo porque a professora de história não estava passando muito bem e fora para o hospital se medicar. Caminhar em silêncio com Chris de volta para casa vinha se tornando um hábito — e uma coisa somente dos dois, como um segredo que devessem guardar a sete chaves.

Sem querer parecer uma garota mimada, mas passando um pouco essa impressão, ela não parava de reclamar para ele de seus pais, ou, mais especificamente, de sua mãe.

— O pior é que eles sempre acham que estão certos. O meu pai nem tanto, mas ela então...

— Não — ele comentou, solenemente. — O pior é quando não tentam nada. Quando nem ligam para você nem com o que você faz ou deixa de fazer.

Mais um momento silencioso, como em um cinema mudo, passou-se entre eles; seus passos eram sincronizados, mas suas mentes pensavam de forma divergente.

— Nem sei o que dizer sobre ontem, simplesmente sinto muito — desculpou-se ela. — Mil desculpas pelo modo como minha mãe o tratou, ela nem sempre é... como eu posso dizer?

— Uma bruxa? — ele brincou, para fazê-la se descontrair.

— Isso! Nem sempre ela é uma bruxa. Às vezes, raramente, ela é humana.

Na tarde passada, quando Chris se juntara a Manu e Miranda para almoçar, esta última fora um pouco rude e seca com ele, tratando-o não com falta de educação, mas com indiferença. Ele, por sua vez, sentiu-se acanhado, um pouco deslocado; Manu, por outro lado, sentiu-se oprimida e incapaz, como se devesse protegê-lo e não pudesse. Já Rute, que assistia a tudo do basculante da cozinha, não esperava a hora de sua menininha enxergar a verdade: ela estava apaixonada pelo rapaz educado, e ele, por ela.

— Aqui estão suas tintas. — Ela entregou-lhe uma sacola com vários tubos de tinta lacrados e dois pincéis novinhos em folha. — Espero que não se importe, mas eu não tenho nenhuma tela.

— Não se preocupe, isso é o que não falta lá em casa — exagerou ele com um sorriso de contentamento no rosto. — Prometo começar a trabalhar no seu quadro ainda hoje.

— Sem pressa, tome o tempo que precisar.

Tempo é o que eu não tenho, ele pensou, com uma satisfação sombria, mas não ousou proferir essas palavras.

— Tudo bem — preferiu dizer, sorrindo.

Ela sorriu de volta, e, naquele instante, ele se encantou ainda mais por Manoela.

Capítulo 10

Adam não sabia mais o que pensar. Não conseguia, ou melhor, não queria entender o porquê de Manu trocá-lo por aquele esquisito que estudava com eles. Afinal, ele era infinitamente melhor do que Chris e qualquer outro daquele lugar. Talvez até mesmo daquela cidade. Por esse motivo, quem sabe, ele sentia-se confuso e irritado. Queria descontar sua raiva em alguém, mas não sabia em quem. Na verdade, ele sabia em quem: os irmãos Toledo. Só estava em dúvida de quem deveria se vingar primeiro, se de Cleber, o cara que o ameaçou e o fez parecer fraco na frente de seus amigos enquanto jogava sinuca, ou no maricas do seu irmão, que chorava por qualquer coisa. Cego de ciúmes e possuído pelo pecado da ira, optou por resolver as coisas à sua maneira com Chris primeiro, por este ser o mais fácil de ser atingido e por não precisar de ninguém para ajudá-lo com isso. Com relação a Cleber, no entanto, sabia o que faria, mas, para tal, precisava da ajuda de Igor.

Para vencer a distância que havia entre ele e o pobretão, Adam pegou sua picape — presente de dezoito anos dado por seu pai — e foi atrás dele, que estava segurando sacolas plásticas com alguma coisa colorida que Manu lhe entregara. E era nisso que deveria se focar. Se ela realmente dera um presente para ele, seria muito triste se algo acontecesse com aquilo... e extremamente decepcionante que ele o perdesse. Quer dizer, depois dos risinhos e sorrisos maliciosos trocados entre os dois, com certeza ela ficaria chateada quando soubesse que ele não fora cuidadoso o suficiente com o seu carinho dado de bom grado.

O jogador não achava, porém, que Chris fosse capaz de contar para Manu que ele fizera alguma coisa. Ele sabia, por experiência própria, que o garoto guardava os males que lhe aconteciam para si mesmo — exceto para seu irmão mais velho, que descobrira sobre a surra. Contudo, dentro de pouco tempo, nenhum dos dois seria mais um problema para ele. Ou assim ele pensava.

Pisando no acelerador, Adam saiu das ruas asfaltadas e entrou numa estrada de terra, no lado mais rural da cidade. Alcançara Chris em menos de cinco minutos, isso porque não quis avançar nenhum sinal para não chamar a atenção indevida dos fofoqueiros ou da própria polícia, pois, mesmo sendo filho do vice-prefeito, teria de dar explicações, o que o faria perder muito tempo. Diminuiu a marcha para que o garoto chorão não percebesse sua presença logo de cara e, quando ele se afastou mais para o canto, dando passagem para o carro, sem nem ao menos olhar para ver quem era, Adam se irritou profundamente. *Que ousadia a dele*, pensou. *Ignora a minha presença como se eu nem existisse*. Porém Chris não sabia que era ele, simplesmente estava distraído demais e imerso em pensamentos para dar uma de curioso e olhar para trás. Como forma de punição, o capitão do time de futebol pôs um dos braços para fora do carro e, aproximando-se de sua vítima, deu um sopapo em sua cabeça como que para despertá-lo. Nada muito exagerado, tampouco fraco. *Na dosagem exata*, pensou consigo mesmo, orgulhoso.

Chris, por outro lado, sentiu como se um anzol estivesse sendo preso dentro de sua cabeça e espetando tudo o que havia por lá. Uma luz branca lampejou na sua visão e uma explosão sem som atingiu-o em cheio, com uma dor aguda. Estarrecido, olhou para o seu lado direito à procura da fonte dos maus-tratos e, meneando a cabeça, viu o carro quase páreo a páreo consigo, com Adam dentro dele. Somente um pensamento perpassou sua mente: o de que iria morrer ali mesmo, naquele lugar ermo e sem cor.

— Não vai falar nada? — desafiou o valentão.

— O que você quer?

Aquelas palavras pareceram mexer com ele mais do que qualquer outra coisa, mas não pelo sentido delas em si, e sim pela forma inocente como foi dita. Quase como se o frangote estivesse sendo sincero ao perguntar — educado.

Mais uma vez, Adam quis bater nele. Toda aquela serenidade o tirava do sério. Como alguém podia ser tão calmo e, ao mesmo tempo, parecer tão petulante, sem nem ao menos desejar?

— O que eu quero? O que eu quero? — repetiu com desdém, primeiro imitando a voz baixa e ritmada de Chris e logo depois com sua própria voz subindo uma oitava.

Cego por sentimentos que não compreendia e movido pelo ódio cada vez mais crescente dentro se si, ele saiu do automóvel e cutucou Chris com um dedo no seu peito, depois com a palma da mão e, por fim, empurrou-o com força, até que ele caiu com um baque surdo no chão, levantando poeira e sujando suas vestes de terra.

— Eu não entendo. Sinceramente, não entendo o que ela viu em você. Tenho tudo o que você não tem e sou tudo que você jamais será; então me diga: por que ela o escolheu em vez de mim? — Como Chris não respondera nem dera sinal de que responderia, ele se exaltou, beirando a histeria. — Diga!

Tateando o chão à procura da sacola com as tintas e pincéis, Chris esforçara-se para se levantar sem que se deixasse desequilibrar devido ao peso da mochila em suas costas.

— Manu não trocou você por mim, somos apenas amigos.

— Somos apenas amigos — repetiu, em tom zombeteiro. — Uma ova que são! Eu vi o modo como vocês se olham, os sorrisinhos trocados... Manu não tem sido a mesma desde que você começou a encher a cabeça dela com suas asneiras. — Ficando cara a cara um com o outro, Adam precisou baixar um pouco seus olhos, por ser mais alto, com a intenção de amedrontá-lo. — O que há de tão importante aí dentro, hein? — perguntou, erguendo uma das sobrancelhas.

— Nada de importante.

— Se não é nada importante por que você não me deixa ver?

Relutante, Chris estendeu a mão que segurava a bolsa plástica e a entregou para ele que, por sua vez, puxou com agressividade para si.

— Não há nada entre nós, Adam.

— Mas você queria que houvesse... Quer saber, não sei por que eu estou me preocupando com isso. Manu jamais me trocaria por alguém como você. Porém, só para garantir... eu fico com isso. — Ele agitou a alça da bolsa, fazendo balançar os objetos lá dentro. — Como lição por você ter me importunado.

— Isso não...

— Por que não? Já que você se importa tanto com essas bugigangas, então... Que tal se eu devolvesse os potinhos? Primeiro esse. — E, dizendo isso, abriu a tampa de um dos potes e virou-o, entornando o conteúdo líquido da tinta no mato do acostamento. — Agora esse... — E assim, lentamente, ele continuou até esvaziar as sete cores e restarem somente os recipientes. Conforme praticava essa ação, ele jogava pote por pote de volta para dentro da sacola. — Pega, pode ficar — disse ele, devolvendo-a com o material vazio.

Chris sentira-se impotente durante toda a cena de Adam e ficou mal por não ter feito nada para impedi-lo. Porém, o que ele poderia fazer? Não sabia brigar, muito menos reagir em situações como essa. Às vezes, sua inatividade o deixava chateado. Ser quieto nem sempre é sinal de ser calmo, mas ser calmo como ele era muitas vezes o fazia se sentir um covarde.

— Bom, estamos resolvidos. — Adam deu duas palmadinhas de leve no ombro do outro rapaz e sorriu, como se tivesse feito uma boa ação. Abriu a porta de sua caminhonete e entrou nela, segurando o volante e se sentindo revigorado. — Eu ofereceria uma carona, mas é melhor você caminhar sozinho para pensar um pouco. Além do mais, eu preciso dar a volta... você mora distante da sociedade... eu, não. Sinto muito.

Retornando mais a frente com o carro, Adam passara a pensar sobre o ocorrido. Ainda não sabia se feliz ou infelizmente, mas a questão é que nada saiu conforme o planejado — um pouco mais pessoal do que esperava, mas isso não importava. Tudo o que ele queria era dar um susto naquele idiota e sumir com o presente que *sua* namorada dera para ele, mas o problema de Adam era não suportar o outro garoto, pois ele o tirava do sério com muita facilidade.

No entanto, agora, então, só faltava Cleber, e não poderia haver falhas em seu plano de vingança. Igor só precisava fazer uma coisa. Uma única coisa. Não seria possível que nem isso aquele tapado não conseguiria. Não foi para casa, e sim ao encontro do seu amigo, para contar-lhe sua ideia magnífica.

Quase como um filme repetitivo, só no que pensara enquanto dirigia era na possibilidade de ver os irmãos Toledo sem nada, destruídos, de volta na sarjeta de onde nunca deveriam ter saído. Jamais, em toda sua vida, sentira tanto ódio de uma pessoa como fora capaz de sentir daqueles dois. E jamais, em toda sua vida, se arrependera tanto de nutrir tal sentimento por qualquer ser vivo existente.

Cleber conhecia um dos proprietários do lugar em que trabalhava, mas não sabia que, recentemente naquela época, o pai de Igor fizera algumas transações e comprara parte do hotel-restaurante em que ele trabalhava, ou seja, por consequência, ele era um dos donos majoritários.

Já na cidade, Adam correra para encontrar seu amigo, que via mais como um seguidor e tratava, muitas vezes, como um capacho que faria qualquer coisa que pedisse, por idolatrá-lo. O marco de encontro foi o restaurante, local em que o Toledo mais velho estaria a essa hora e onde ocorreria o desenrolar do plano. *Era óbvio, sim, mas perfeito para dar errado*, pensou Adam consigo mesmo.

Primeiro, mantiveram a rotina e almoçaram como de vez em quando costumavam fazer. Como ele se exercitava na academia do hotel, a segunda parte consistia em ter acesso ao vestiário, o que era extremamente fácil — o mais complicado é que precisava da combinação do armário de Cleber para plantar seu Rolex de aço inox e banhado a ouro lá. Para isso, Igor deveria surrupiar as chaves reservas na sala do gerente do hotel. Todos acreditariam nele e duvidariam do pobretão, afinal, ele sempre deixava sua mala de viagem com seus artigos esportivos e objetos pessoais dentro de um daqueles móveis enquanto malhava. Alguém com necessidades financeiras poderia facilmente aproveitar a oportunidade de se dar bem à sua custa. Agora que tudo estava ordenado na sua cabeça, era só questão de tempo até que seu objetivo se concluísse. Não queria depender de Igor mais do que devia, mas também não podia se arriscar a ser pego no flagra se algo desse errado com o plano, então teria que confiar naquele brutamonte para fazer algo que prestasse (pelo menos uma vez na vida). Como quem leciona em uma classe, Adam instruiu seu amigo, pacientemente, até que ele se sentisse seguro para mandá-lo para a encenação da vida de ambos.

Por azar, ou sorte, dependendo do ângulo, ou mesmo ironia do destino, Cleber havia trocado de turno e trabalhara na parte da manhã. Ou seja, saiu pouco depois do movimento do almoço. Se não tivesse feito isso, provavelmente os eventos decorridos não teriam acontecido ou trazido consequências para si, pois, mais tarde, seria feito o rodízio mensal de armários. Trata-se daquele velho ditado: ele estava na hora errada, no lugar errado.

Tudo começou quando Adam saíra do banho, após o seu treino de musculação, e fora pôr uma roupa. De maneira ensaiada, ao mexer em sua bolsa esportiva, se desesperou conforme procurava e não encontrava o último item que compunha seu visual: o relógio de pulso, presente de preço elevado, dado pelo seu avô materno. A partir daí, a confusão se instalou e mais e mais pessoas foram chegando. Primeiro, os outros homens que estavam debaixo do chuveiro saíram, enrolados em toalhas, para ver o que estava acontecendo — dentre eles, Igor, disfarçadamente. Logo em seguida, um dos seguranças veio ver o que estava acontecendo e pediram que ele chamasse o gerente do hotel para resolver a situação. Paralelo a isso, Cleber chegava para esvaziar seu armário e pegar suas coisas antes de ir para casa para ver no que pode ajudar Chris com sua lista de desejos.

— Eu tenho certeza de que ele pegou — Adam rugiu na direção de Cleber.

— Do que você está falando? — perguntou o outro, sem entender nada daquilo.

— Não se faça de desentendido. Todos sabem que você me odeia. Sem contar que é só olhar pra você que dá pra saber que passa por necessidades, ainda mais tendo que carregar seu irmãozinho baitola nas costas. Nada melhor do que unir o útil ao agradável e conseguir um dinheirinho fácil, né?

O gerente chegou.

— Se você não calar essa sua boca, eu vou arrebentar seus dentes, mauricinho.

— Aí, estão vendo? Eu disse que ele não valia nada. É só um pé-rapadozinho tentando se dar bem à custa dos outros.

Mesmo sem demonstrar, Adam se divertia profundamente com essa situação. Sua vontade de rir era imensa, mas não poderia sucumbir a um capricho agora que estava quase conseguindo o que queria. Por fim, decretou:

— Eu exijo que ele seja demitido imediatamente.

— Adam, isso é uma acusação muito séria. Tem certeza de suas palavras? — perguntou Edgar, responsável pela gerência do local, secando a testa empapada de gotículas de suor com um lenço azul-marinho. — Não posso demitir funcionário algum por justa causa sem que haja provas.

O gerente estava preocupado com o possível escândalo que Cleber poderia fazer e com a repercussão que isso teria na sociedade, o que refletiria negativamente nas avaliações do hotel e no número de reservas, ainda mais com a temporada de férias se aproximando.

— É muito simples. — O jogador fez um movimento com as mãos e depois as juntou, como se tivesse tido a ideia mais genial do mundo. — Por que ele não abre o armário e prova que estou errado?

— Cleber, será que você poderia... — pediu Edgar, um pouco sem graça, mas com a voz firme.

— Por que não? — ele retorquiu, em tom de desafio.

No instante em que ele virou a chave na caixa de metal e a pequena porta se abriu, Cleber não pôde conter a sua surpresa, assim como os outros espectadores variavam suas reações entre risadinhas maldosas, cochichos audíveis e medo por um possível ladrão estar convivendo tão perto deles, podendo furtá-los quando bem entendesse — se já não o tivesse feito e não perceberam antes. Um pedaço dourado da pulseira brilhava por entre suas roupas dobradas.

— Como você explica isso? — Edgar perguntou severamente ao tomar o Rolex em suas mãos, analisando-o. — É esse mesmo? — Ele passou o objeto para Adam.

— Sem sombra de dúvida — respondeu, empertigado ao seu lado.

— Meu pai sabe que você deixa caras como esse trabalharem no seu hotel e ainda por cima ter contato com gente como nós? — Igor indagou, semeando a discórdia.

— Eu não pus isso aí, mas faço ideia de quem tenha sido — Cleber defendeu-se, fechando o armário de maneira abrupta e se controlando para não partir para cima de Adam e do imbecil do seu capanga e, com isso, perder a razão.

Naquela época, não era proibido o uso de câmeras de vigilância no vestiário e, muito mais comum era a instalação delas nos corredores que davam acesso ao lugar. Como num clique, Cleber lembrou-se disso imediatamente. Porém, de acordo com a política da companhia, as imagens podiam ser vistas apenas após o recebimento de um boletim de ocorrência feito pela vítima e com a presença de um representante da empresa e um do sindicato. Não havia tempo para isso. O Toledo mais velho precisava limpar o seu nome e pôr um fim nessa desconfiança que se instalara sobre ele no ambiente de trabalho.

— Por um acaso você está insinuando alguma coisa?

— Que você é um babaca todo mundo já sabe, Adam, não preciso insinuar o óbvio — ele quase cuspiu essas palavras. — O que estou dizendo é que outra pessoa colocou esse relógio aí dentro, não eu. — Dirigiu-se para o seu chefe. — Por isso, eu gostaria que você pedisse a filmagem de hoje e visse quem entrou e saiu daqui.

Mesmo que não desse para ver o que a pessoa fazia lá dentro, daria para vê-la parada em frente ao armário aberto de Cleber, e isso deveria bastar para retirar as acusações das suas costas.

— Eu já disse que quero que você o demita! — Adam exasperou-se, com raiva. — Não está vendo que isso é um meio que ele encontrou para enrolá-los? — Ele abriu a conversa para todos ali presentes, tentando conseguir vozes que lhe dessem força.

— Sem ofensas, rapaz, mas você não manda em nada aqui. E Cleber, você sabe que seu pedido vai contra a política do hotel.

— Edgar, é a minha palavra contra a dele. Eu sou um mero empregado e ele... o filho de um político poderoso. Mas você me conhece há tempo suficiente para saber que eu não faria algo do tipo.

Cleber sabia da sua inocência e apelava para a consciência de Edgar, na esperança de que ele partilhasse da mesma opinião.

— Por favor.

Se a circunstância fosse levada para fora daquelas paredes, ele poderia provar que não fizera nada, mas em quanto tempo? O que isso custaria a ele e sua família? Não podia deixar de trabalhar e parar de ajudar na compra dos medicamentos de seu irmão.

O silêncio constrangedor que se instalara naqueles segundos arrastados fora opressor para cada um que esperava ansiosamente por uma conclusão da situação.

— Vamos ver essa filmagem para acabar com isso de uma vez por todas.

— Isso não vai ficar assim. Meu pai vai saber disso! — Adam não estava mesmo para brincadeiras. Sua pegadinha deixou de ser uma assim que ele se permitiu ser possuído pelo espírito de vingança devido ao seu ego ferido.

Para evitar ainda mais confusão, Edgar concordou em analisar a gravação das câmeras a fim de ver quem estava falando a verdade, mesmo que isso o pusesse em uma situação extremamente delicada. Afinal, Igor era filho do seu chefe e Adam, do vice-prefeito da cidade, amigo de longa data dos figurões de Araruama e de seus arredores. Ele sabia que estava arriscando o próprio pescoço, mas, se deixasse chegar a ponto de a polícia ser chamada, não teria nem um pescoço para se arriscar — iria para o olho da rua, na certa. Além do mais, tirando o fato de precisar zelar e proteger a imagem do MarBella, ele também confiava muito em seu funcionário e conhecia toda a sua família, estando a par da sua índole e caráter desde pequeno.

Por outro lado, Igor sabia que, se a filmagem daquela manhã fosse vista, sobraria para ele. Adam, com certeza, se safaria dessa com alguma desculpa esfarrapada e pularia fora com a maior cara de pau, deixando o pepino para ele segurar sozinho. Por isso, pensou bem antes de tomar qualquer atitude precipitada. Na verdade, ele nunca pensara tanto em sua vida quanto dessa vez em particular. Ignorando o pedido de Adam e pensando mais em si mesmo, tratou logo de apaziguar as coisas, culpando-se pelo descuido com o objeto do amigo e dando fim ao que viria a se tornar um caso de polícia. Além disso, sabia que a situação poderia muito bem ser estendida para além das portas do hotel, onde ele não teria a proteção de ninguém e se daria mal: nas ruas. Cleber podia ser da paz, mas isso não significava que ele era banana.

— Do que você está falando? — Edgar e Adam perguntaram em uníssono; Cleber levantou uma sobrancelha em forma de desafio, esperando que ele se enrolasse com a própria corda.

— Mas que cabeça a minha! Não lembra que você deixou seu relógio comigo? — Igor perguntou, um pouco enrolado, para Adam, na esperança de que ele comprasse o novo plano. — Devem ter me dado a chave desse cara por engano e eu guardei aí sem nem ver o que estava dentro, sabe como eu sou desligado com essas coisas. Meu Deus, e eu desconfiando do Cleber — disse com tal convicção, como se realmente se importasse. — Desculpa por isso — essas palavras foram mais difíceis de proferir, mas precisava engolir o orgulho se quisesse se safar dessa. — Nem sei como te encarar. Se tiver alguma coisa, qualquer coisa, que eu possa fazer para me redimir é só dizer. Falarei com o meu pai para te dar um fim de semana de folga ou uma suíte para passar a noite com sua namorada. Você tem uma namorada, certo? — Quanto mais ele falava, mais rápido as ideias surgiam em sua mente, fluindo como uma história verídica e tocante, mas velada por um desespero sutil.

Apesar de não poder provar, no fundo Cleber sabia quem fora o verdadeiro culpado. Tinha certeza de que Adam armara para ele por despeito. O que Adam não previra é que a situação chegaria ao extremo e poderia prejudicá-lo. Para ele, tudo se resumiria à demissão de Cleber e a sua deturpada justiça sendo feita pelas próprias mãos.

— Tem certeza do que está dizendo, Igor?

— Sim, sim. Não se preocupe, Edgar, está tudo certo. Dê o fim de semana de folga para ele, eu converso com o meu pai depois.

— Eu não disse? — Cleber trocara um olhar com o seu chefe, conversando mentalmente sobre o ocorrido. — Tudo não passou de um mal-entendido, certo, Igor? — Bateu nas costas dele com camaradagem, mas forte o suficiente para deixar claro que sabia do envolvimento dele naquela bagunça.

Um aviso. Afinal de contas, para bom entendedor, meia palavra basta.

— Acho que você deve um pedido de desculpas para o Cleber, Adam. O que você fez foi muito feio, acusando-o sem provas e duvidando de sua índole.

— Tá brincando, né? Nem em um milhão de anos!

Dito isso, Adam puxou sua sacola do banco e saiu expelindo ar pela boca como um vulcão dentro de um furacão.

O herdeiro dos Olivares armou para Cleber na intenção de incriminá-lo por um roubo que ele não cometeu — quis pôr a culpa no seu rival por vingança, mas o tiro saiu pela culatra mais cedo do que podia imaginar. O problema é que Igor não conseguiu fazer nem o que lhe fora pedido com tanta veemência. *Aquele ignorante não servia para nada mesmo*, pensou Adam, revoltado consigo por depender do amigo para uma simples pegadinha. Culpou ao outro incessantemente.

O dia fora puxado para Cleber. Às vezes, ele imaginava como seria o seu dia. Entretanto, mesmo em seu pensamento mais sóbrio, a possibilidade de acontecer algo como mais cedo nunca passara pela sua cabeça. Quer dizer, a probabilidade era de uma em um milhão. Contudo, por mais que não gostasse de pensar dessa maneira, seu irmão também era uma dessas estatísticas.

Por falar nele, ao chegar em casa e vê-lo abatido daquela forma, Cleber sentiu que deveria fazer alguma coisa. Era seu dever de irmão e ser humano, portanto, precisava fazê-lo se sentir melhor. Sabia que se fosse feito com ele o que o mauricinho babaca fez na volta da escola pensaria duas vezes antes de ficar calado, provavelmente, usaria o ocorrido contra Adam para afastá-lo ainda mais de Manu. Mas Chris não faria isso. Chris não era como ele nem como ninguém que conhecia. Seu irmão era íntegro e bondoso demais para fazer mal a outra pessoa — quem quer que fosse. Por isso, não quis deixá-lo mais cabisbaixo e optou por não contar o que houve no vestiário do hotel. Com certeza, Chris ficaria ainda pior e arrumaria um jeito de se culpar pelo ocorrido. Era a sua cara fazer isso. A verdade é que, indiretamente, se não fosse por ele, Cleber não teria ido confrontar Adam, Manu continuaria empurrando o namoro com a barriga e o destino dessas famílias não se cruzaria mais do que o necessário. Ademais, a raiva de Adam não seria alimentada, vindo a se tornar um ódio sem igual. Porém, nada disso importa quando se trata de forças maiores que nós; não dá para controlar o futuro.

— Ei, ei, não precisa ficar assim, ela não precisa saber do que aconteceu.

— Mas como eu vou repor as tintas? Não tenho dinheiro e não posso e nem irei pedir pra nossa mãe.

— E quem disse que você precisa pedir pra *ela*? Eu pago as tintas.

— Também não posso deixar você fazer isso.

— Não estou pedindo sua permissão, Chris, só estou solucionando o seu problema.

— Mas...

— Faz assim, finge que é presente de aniversário.

— Mas o meu aniversário já passou...

— Do próximo.

— Mas...

— Christopher — vociferou ele.

Cleber sabia o que ele diria e não queria ouvir isso. Não de novo.

— Obrigado, Binho! Prometo pagar cada centavo de volta.

— Não esquenta a cabeça.

Por que só tivera um filho? André vivia se questionando sobre isso. Ultimamente, mais do que o normal. Estava em seu escritório quando chegara a notícia do envolvimento do seu filho com Igor no caso daquele rapaz, filho do Toledo. Como o estúpido do Adam era capaz de fazer algo que o prejudicava diretamente? Será que ele não conseguia pensar em nada além do próprio umbigo? Se isso vazar, pode ser um grande problema para a sua campanha eleitoral. Ainda mais agora que Osvaldo está pensando em abandonar a candidatura e ele assumiria como prefeito. Seria desastroso se esse pequeno deslize do seu filho tivesse uma repercussão com a qual André não poderia se dar ao luxo de lidar no momento. Todavia, a pergunta que ele deveria fazer não era sobre ter um ou mais filhos, mas onde que errara na sua criação. Onde?

Ordenou que seu assessor de imprensa encontrasse seu filho naquele instante e o fizesse comparecer ao seu local de trabalho. Porém, depois pensou melhor e mandou que deixasse para lá. Por ora, o certo a se fazer era suspender sua ordem inicial. Do que Adam realmente precisava não era uma bronca que outras pessoas pudessem escutar, envergonhando-o um pouco, mas de um verdadeiro corretivo. Uma lição para nunca esquecer quem era o homem da casa.

Mais tarde, naquele mesmo dia, André deu um jeito de despachar sua esposa para a casa de uma amiga qualquer, a fim de ter a casa toda para si. Não queria Ana Clara gritando como uma louca para que ele parasse de ensinar o moleque irresponsável qual era o seu lugar e quem mandava.

Ao chegar, trancou a porta da frente com chave e se dirigiu para a sala de estar. Adam estava jogado no sofá, assistindo a um jogo de futebol gravado e um pouco mais relaxado do que quando saíra às pressas do MarBella, mas ainda com cara de poucos amigos. Seu pai tirou o palito calmamente e o depositou na cadeira em que sempre se sentava. Aproximou-se do filho e, de rompante, puxou o cinto que prendia suas calças.

— O que você tem na cabeça, hein, seu moleque? — berrou a plenos pulmões, dando a primeira das chicotadas com a faixa de couro. — Será que você não pensa nas consequências dos seus atos? — Continuou batendo nas pernas dele, sem se importar com seus gritos e o segurando para que não fugisse do encosto do sofá. — No que isso pode influenciar, negativamente, a sua família? — Mais uma, depois outra. — Por sua causa eu fiz papel de ridículo, e um homem que tem a minha posição *não* pode fazer papel de ridículo!

— Para, pai! — Adam encolhia as pernas, a fim de protegê-las com as almofadas, e choramingava. — Por favor, para — implorou, enquanto tentava se livrar do braço forte de seu pai, para longe daquele cinto que tantas vezes já o afligira desde sua infância.

— Parar? Eu estou só começando, seu irresponsável.

Quando André começava a bater em seu filho, era difícil parar. Mas ele era bastante cuidadoso; nunca no rosto. Sempre em membros do corpo que dava para Adam esconder com as roupas. Hoje, porém, ele estava tão irritado que foi onde sabia que doeria mais, tanto física quanto emocionalmente: em suas pernas. Se ele nutria o sonho de ser um merda de jogador de futebol, que treinasse no dia seguinte e nos próximos sabendo o porquê de estar assim — e que ele fora o único culpado disso.

Capítulo 11

— Quero passar mais tempo com a minha família, quem sabe conhecer melhor a garota dos meus sonhos...

— O tratamento não impediria isso — doutora Margareth insistiu.

— Conheço pessoas que fizeram quimioterapia, e isso não prolongou em nada suas vidas, só fez parecer uma eternidade. Mais por causa da dor e do sofrimento, se quer saber.

— Ainda assim, isso pode te dar mais tempo.

— Não quero um tempo de vida como esse. Não quero passar os últimos meses da minha vida vomitando, sem me conhecer ou mal conseguindo me levantar. Tudo o que eu quero é aproveitar cada momento que me resta. Já me decidi, viverei o que me resta plenamente, com as pessoas que eu amo, não num hospital frio e sombrio.

Flashes dessa conversa sempre perpassavam pela sua mente. Vira e mexe ele imaginava um diálogo diferente, no qual ele descobria que sua doença tinha cura e poderia viver anos, e não meses, como fora decretado.

Suas frequentes dores de cabeça eram na verdade um coágulo no cérebro que crescia cada vez mais. Chris sabia disso há meses. Sua condição era precária e incerta. Tanto poderia viver mais um mês, como poderia viver dois ou mais. Estatísticas. Apenas isso. Tudo que envolvia sua doença era baseado em estatísticas e porcentagens. Já não queria mais ir de médico em médico para prolongar um pouco seu tempo na Terra. O que é certo é certo, Deus sabe o que faz. Assim ele vivia seus dias, um após o outro, com fé de que conseguiria burlar o destino e viver um dia a mais, depois mais um, e outro... Pelo menos, para conseguir realizar os itens da sua lista. Sua imaculada lista de desejos.

O fim de semana finalmente chegara e, como prometido, seu irmão o ajudaria com o que fosse preciso. Igor cumprira com sua palavra e fizera com que Cleber tivesse folga, portanto, como ele não esperava por isso, caiu como uma luva. Num bloco de papel, com a caligrafia firme e desenhada de Chris, lia-se o seguinte:

Lista de coisas a fazer nos próximos meses
(não necessariamente nessa ordem):

Aprender a surfar;
Aprender a dirigir;
Aproveitar as mínimas coisas que a vida pode oferecer;
Convencer meu irmão a voltar a escrever;
Comprar um presente bacana para minha mãe;
Correr na chuva para beijar o amor da minha vida;
Dar meu primeiro beijo;
Deixar a timidez de lado;
~~*Finalmente falar com Manoela;*~~
Ganhar corpo e deixar de ser magro;
Imaginar um corte de cabelo legal e fazê-lo;
Namorar;
Ser (re)conhecido pelas pessoas que conheço;
Comparecer ao casamento de Cleber e Sabrina.

— Acho que pelo menos uma dessas coisas você já fez, não? — Sabrina brincou, dando um empurrãozinho de leve ombro a ombro com Chris. — Seu irmão me contou que você e Manoela são amigos agora.

— Binho! Por que você tem que ficar falando essas coisas? — resmungou ele, enquanto Cleber mexia numas caixas na garagem. — Não é nada demais, sério mesmo — disse para sua quase cunhada.

— Não se faça de rogado, Chris. Pensa só, se vocês namorassem, seria menos três itens na sua lista.

Isso foi o suficiente para que ele começasse a divagar e sonhar com a sua musa inspiradora. Cleber saiu do cômodo com as mãos sujas de graxa e com a regata empoeirada. Passou por Chris para pegar um pano umedecido a fim de limpar suas mãos e não resistiu em implicar com ele.

— Fecha a boca, magrelo, você está babando. — Levantou o queixo de seu irmão, sacaneando-o por estar sonhando acordado.

— Há-há-há — ironizou Chris. — Muito engraçadinho você.

— Para de implicar com ele, Cleber! — Sabrina o repreendeu. — Se você quer saber, Chris, seu irmão passou a noite ontem encarando um caderno, pensando se devia ou não voltar a escrever.

Como Marta não estava em casa, era a namorada de Cleber quem fazia o papel de intermediadora nas brigas dos dois. No caso, precisava dar umas travadas em seu namorado para que ele não exagerasse além da conta.

Além disso, desde que seu pai morrera, Cleber decidiu que deveria parar de escrever o que quer que fosse e desistiu de seguir seus sonhos para encarar a realidade. A vida não era mais um mar de rosas, ele precisava crescer e encará-la em pé de igualdade, para não ser passado para trás nem deixar sua família na mão. Portanto, após anos sem praticar a escrita, ele não sabia se voltar a fazer isso era uma boa ideia. Sentia como se tivesse traído uma velha companheira e agora não pudesse reatar a amizade entre eles.

— E conseguiu escrever um texto lindo. Não é um dos poemas dele, mas tão bom quanto — ela concluiu, com um sorriso de orelha a orelha.

— Sério? — o mais novo perguntou, maravilhado, os olhos negros brilhando intensamente.

— Eu disse que ia te ajudar com a lista, né? Tinha que começar a minha parte por algum... — Chris o abraçou num rompante, deixando-o sem ação por alguns instantes — lugar — completou a frase, e retribuiu o gesto carinhoso. — Tá bom, agora chega — disse, meio que sem jeito, desvencilhando-se do seu abraço e passando a mão pelo cabelo à escovinha, um pouco maior e mais despenteado do que o normal. — Preparado para ter o dia mais radical da sua vida?

—Vamos nessa!

— Primeiro, eu desenterrei alguns halteres que papai me deu e uma barra que fizemos com o ferro da piscina, duas latas de leite em pó e muito concreto. — Cleber sorriu enquanto discursava. — Já pode começar a treinar pra ver se esses bracinhos crescem um pouco. Olha bem, é assim que se faz. — Demonstrou na prática e depois repetiu, ensinando o que Chris deveria fazer com esses pesos. — Sua vez. Tenta.

No começo, foi um pouco penoso, mas bem engraçado; as tentativas iniciais de Chris de fazer os exercícios que lhe foram passados eram frustrantes, mas, depois que ele pegou o jeito, parecia que tinha nascido para ser um praticante da musculação. Inclusive, depois de algumas repetições, dava para ver, sutilmente, o inchaço no seu bíceps. Como ele era péssimo fazendo flexão no chão, Cleber deu um jeito de pôr dois bancos em paralelo para que ele apoiasse e fizesse flexão de braços, para exercitar um pouco seus tríceps. Por ora, era o máximo que podia fazer. Podia parecer pouco, mas até que surtiu efeito.

Menos um item.

Depois de suar bastante a camisa, Chris foi para a cozinha pegar uma garrafa d'água e três copos para eles se refrescarem. Principalmente ele, que havia perdido bastante líquido e precisava se hidratar. Enquanto isso, aproveitando o espaço do quintal, Sabrina pegou uma cadeira na varanda e posicionou-a onde pegasse mais luz do sol, para que ela pudesse ter uma visão melhor do que faria a seguir.

— O que é isso? — perguntou Chris, ao se deparar com a nova arrumação lá fora, ao voltar com os objetos presos e equilibrados nos braços, como se segurasse um bebê de maneira apertada.

— Isso, meu camarada, é você deixando esse cabelo boi-lambeu de uma vez por todas no seu passado.

— Diga um corte, não muito elaborado, por favor, e eu farei — Sabrina completou, mexendo na sua bolsa e pegando um pente fino e uma tesoura.

— Desculpa a pergunta, mas... Você sabe mesmo cortar cabelo? Tipo, de verdade? — ele perguntou, de forma suspeita.

— Se você não fosse tão fofo perguntando isso eu me sentiria ofendida. Claro que sei, Chris! O que acha que eu faço para ganhar uns trocados quando preciso?

— Ei, por que pra ele você responde com carinho e comigo só falta me bater?

— Porque seu irmão sabe ser educado e gentil ao mesmo tempo.

— Ai, essa doeu — Cleber disse, fingindo um insulto.

— Mas e se a mamãe falar alguma coisa?

— Chris, você sabe que ela não vai falar nada. Isso é só o seu lado medroso querendo fazer você desistir da mudança por não saber se vai ficar legal ou não. Eu te digo uma coisa: mudar não é fácil. Se não ficar bom, daremos um jeito. Cabelo cresce de volta. Além do mais, você nunca vai saber se não tentar.

— E, convenhamos, esse seu corte já está bem batido — Sabrina provocou.

— Ai, essa doeu — ele imitou Cleber.

— Chega de ladainha, meninos. Vamos lá, Chris, o que você quer?

Explicar o que ele queria era um pouco complicado, pois ele tinha a ideia na cabeça, mas nenhuma referência para ajudá-la a se basear. Por fim, eles decidiram se ater ao clássico com um ar mais bagunçado. Sabrina fez um corte repartido de lado, para que ele usasse mais comportado quando quisesse, mas com um volume maior em cima e a franja comprida, diminuindo nas laterais e deixando os fios desgrenhados. Repicou o cabelo como um todo e recuou o movimento até a parte de trás da cabeça.

— E aí, como estou?

— Você parece o Brad Pitt no filme *O Clube da Luta*, só que mais feio e mais novo.

— Isso é bom ou ruim?

— Não é porque eu cortei, mas acho que você está lindo. Se eu não fosse noiva do seu irmão, eu diria que suas chances seriam grandes comigo. — Ela sorriu bondosamente. — Aqui, dá uma olhada. — Pegou o espelhinho que carregava consigo dentro da bolsa e entregou-o a ele.

Assim que ele se viu, o choque foi inevitável. Não parecia ele mesmo, mas, ao mesmo tempo, era ele. O reflexo que o encarava era o dele, mas diferente. Melhor. Menos escondido e mais... desafiador, essa é a palavra que ele procurava. Sentia-se como se tivesse acabado de passar por um rito da idade, deixando a infância para trás para, finalmente, se tornar um adolescente. Tinha cara de adolescente. E sorriu por isso.

Pararam para o almoço de sábado, que Cleber preparara (bife com batata frita), e descansaram um pouco nas redes penduradas; ele e Sabrina deitados em uma e Chris sentado em outra, viajando como sempre. Ainda tinham mais da metade do dia para pôr em prática algumas coisas e o domingo inteiro, se fosse necessário. Ou seja, tempo de sobra para Cleber cumprir sua parte no trato. O resto, bem, ficaria por conta de Chris. Sinceramente, ele esperava que seu irmão pudesse se virar com a filha do prefeito agora que estava adquirindo mais confiança em si mesmo. Por via das dúvidas, manteria um olho, ou dois, em Adam, para que não aprontasse nada contra eles.

Ainda havia três coisas a fazer antes de Cleber dar por encerrada a sua missão como copiloto em prol de Chris. Por uma delas estar no caminho da outra, no momento, ele optou por repetir o mesmo que seu pai fizera anos atrás, e hoje cabia unicamente a ele: ensinar o básico da direção. Mas, pelo que conhecia do irmão, suspeitava de que a ideia não fosse dar muito certo... Aparentemente, ele não estava errado (mas bem que gostaria).

— O que eu faço primeiro? — Chris perguntou, ao se sentar no banco do motorista, assustadoramente empolgado de mais e concentrado de menos.

— Primeiro de tudo, coloque o cinto de segurança.

Não que precisasse disso na distância que ele pretendia percorrer com seu irmão, mas é sempre bom estar precavido, ainda mais com alguém que está pegando pela primeira vez num volante, sem contar que é o certo a se fazer.

— O pedal mais à esquerda é a embreagem, o do meio é o freio, e o mais à direita é o acelerador — Cleber explicou, enquanto verificava se o câmbio estava em posição neutra e endireitava um pouco o espelho retrovisor central de uma maneira que melhor se adequasse a Chris. — O banco está bom ou precisa ficar mais perto? Eu deixo nessa distância porque sou mais comprido e preciso de espaço para esticar minhas pernas.

— Acho que está bom. — Ele deu um pulinho no assento. — Não. Melhor eu chegar um pouco pra frente. — Ajustou o banco. — O que você acha?

— Chris, antes de mais nada, respira. Sério, parece que você tomou um pico. Isso, relaxa. Deixa assim mesmo, não mexe mais. Você se lembra de quando perguntava sobre os números no câmbio? Então, você já sabe para que servem, certo?

— Tudo certo.

— Bom, pode ligar o carro. — Cleber esperou um instante até que fosse dada a partida no motor e prosseguiu com a aula: — Pisa na embreagem até o final e segura um pouco. É, desse jeito. Agora passa a primeira marcha, deixa o carro andar um pouquinho, acelera para passar para a segunda e tira o pé da embreagem.

Como era de se esperar, o carro morreu.

Tentaram mais duas vezes, mas o resultado foi o mesmo. Cleber suspirou, cansado, e Chris bateu no volante, frustrado por não conseguir sair do lugar. Na quarta tentativa, o carro deu um solavanco e quase atropelou Sabrina, que molhava as plantas do lado de fora da casa com uma mangueira. Com o susto levado, ela caiu de bunda no chão, se molhando toda e, consequentemente, ficando enlameada. A situação até que seria engraçada se não fosse pelo desgaste emocional dos irmãos Toledo. Apesar de querer muito rir, Cleber se conteve, saiu do carro, apoiou-se na porta e disse, em voz baixa, mas audível:

— Desculpa.

Sabrina mirou com a mangueira nele e esguichou a água no seu rosto, fazendo pingar dentro do automóvel. Cleber correu atrás dela e a girou no ar, fazendo uma lambança por toda a calçada. Chris deu-se por vencido e saiu de lá, desculpando-se pelo ocorrido e sendo molhado pelos outros dois na brincadeira.

— Definitivamente, vamos deixar a direção para outro dia — Cleber balbuciou, com as mãos trêmulas de frio quando bateu um vento.

Conforme os minutos se passavam e eles se divertiam, o fim da tarde rapidamente chegou. Cleber queria muito ensinar seu irmão a surfar, mas não daria para ele pegar onda de noite, por não ter prática alguma com o esporte. Além disso, era perceptível o quanto todo o esforço do dia exaurira Chris. Para ele não pensar que estava sendo subestimado ou que Cleber não queria mais o ajudar com sua lista e ensinar-lhe o que pudesse, havia uma coisa a se fazer que não tomaria muito tempo e pouparia o mais novo de se fatigar. No entanto, Chris fora mais rápido e tratou de, de certa forma, despachar seu irmão e a noiva, a fim de poder continuar trabalhando no projeto do quadro de Manu e, com sorte, terminá-lo antes de segunda-feira. Também queria dar um pouco de privacidade para os dois, afinal, era o primeiro fim de semana completo de Cleber de folga desde que começara a trabalhar naquele hotel.

— Por que vocês não vão passear um pouco? Amanhã continuamos com nossas aventuras.

— Tem certeza?

— Tenho. Podem ir.

Cleber ponderou por um momento.

— Tudo bem. Mas antes quero te levar a um lugar.

— Que lugar?

— Por que você sempre tem que perguntar tudo? Só entra no carro, senta e trate de ficar quietinho. — Quando ele percebeu que Chris, por impulso, ia para o banco do motorista, ele se apressou em corrigi-lo. — No banco de trás. Sabrina vai na frente comigo. Quero você longe de qualquer coisa que possa nos matar — brincou, com uma risada leve e gostosa de se ouvir.

— Binho, nós estamos ensopados. Não seria melhor trocar de roupa antes?

— Ele tem razão, amor.

E assim o fizeram. Ainda bem que Sabrina era uma mulher precavida e sempre saía com uma muda de roupa a mais; no caso, um vestido bem leve e confortável deu lugar ao short jeans e à blusa azul-clara. Demorou um pouco mais escovando o cabelo, mas nada de espantar ou fazer os rapazes perderem a cabeça por isso. Por falar neles, nem parecia que tinham se trocado, de tão semelhantes que eram suas peças de roupas às que usavam pouco antes.

Ao chegar ao local pretendido pelo Toledo mais velho, lia-se numa placa retangular enorme: *Sinos, Livros e Perfumes.*

— O que viemos fazer na loja da dona Virgínia?

— Eu conversei com ela sobre você trabalhar aqui por uns trocados e ela concordou em deixar se, e somente se, ela frisou bem isso, você continuasse estudando, abre aspas, direitinho, fecha aspas.

Como ele sabia que Chris não aceitaria mais dinheiro seu para comprar o presente para Marta, e fazia questão de pagar o que pegara emprestado para repor as tintas, Cleber tivera a ideia de conseguir um emprego de meio período para seu irmão. Quer dizer, ele ajudaria a dona do lugar, uma senhorinha muito gentil, a organizar as coisas e atender os clientes na parte da tarde, e receberia por isso a cada quinze dias, por quanto tempo ele quisesse continuar trabalhando lá. Pensar nisso fez com que Cleber sentisse uma pontada no coração, pois sabia que Chris jamais poderia se dar ao luxo de querer esse tempo. Ou melhor, de tê-lo. Nem sempre o que desejamos é o que obtemos, infelizmente.

— Tá falando sério, Binho?

— Seríssimo! Pergunte a ela.

Sabrina sorriu para Chris, encorajando-o a entrar, e voltou sua atenção para o seu noivo assim que o outro sumiu de vista.

— A cada dia que passa eu me sinto mais e mais apaixonada por você. Tenho certeza de que fiz a escolha certa ao dizer "sim".

— Algum dia você já teve dúvidas?

— Se tive, todas elas foram embora depois de testemunhar tudo que você tem feito pelo seu irmão. É admirável e muito doce da sua parte.

— Ah, para com isso!

— Eu não poderia estar mais orgulhosa do homem que escolhi para passar o resto da vida ao meu lado.

Após alguns minutos de conversa com dona Virgínia, Chris saíra da loja com um sorriso estampado no rosto, mostrando praticamente todos os seus dentes brancos e sua satisfação em poder ser útil e estar um passo mais próximo de completar sua lista de desejos.

Cleber o deixou de volta em casa e ia saindo quando, de repente, se lembrou de entregar uma folha de papel que estava dobrada no bolso da bermuda. Sem muito rodeio e um pouco enferrujado na afetividade, simplesmente estendeu a mão e disse, como quem não quer, querendo:

— Ah, já ia esquecendo. Pegue. — Entregou e fitou o céu.

— O que é isso?

— Leia quando puder. — Afastou-se numa corridinha digna de comercial de tênis esportivo. — Espero que você goste.

Chris mal entrou em casa, não se conteve de curiosidade e foi se sentar na sua cama. Primeiro, riscou o que fizera na sua lista e pensou em como seu irmão era gente boa por apoiá-lo e se disponibilizar para cuidar dos seus devaneios, tratando-o de igual para igual. Por isso, a segunda coisa que fez foi desdobrar o papel de caderno amarelado, uma página arrancada de sua espiral, e observar a letra arredondada e, por vezes, um pouco embolada, de Cleber. Nela, estava escrito algo que surpreendeu a Chris de maneira a melhorar seu humor mais do que ele julgava ser possível. Provavelmente, fora este o texto mencionado por Sabrina mais cedo:

Focamo-nos no silêncio para não falarmos sobre o que passou: as memórias que perdemos. Parece muito mais fácil sermos nós quando não pensamos muito na consequência daquilo que fazemos — e isso nos dá uma boa sensação, como se fôssemos donos do mundo. Afinal, somos jovens e destemidos, loucos como qualquer outro de nossa idade.

Porém, isso não significa que continuamos os mesmos. Apesar de fazer o que estamos habituados, costumamos dizer que mudamos, pelo simples fato de sermos obrigados a ser mais responsáveis. O tempo passou, e com ele fomos ficando mais velhos, mas a verdade é que não passamos de crianças mascaradas pelo passado — com medo de crescer. Tememos confrontar a nós mesmos, encarar nossos defeitos e superar nossas fraquezas.

Contudo, mesmo que não seja possível quebrar o ciclo, é inegável o quanto tentamos. Ninguém pode duvidar da nossa força, da forma com que lutamos e procuramos melhorar. Podemos não estar mais na infância, entretanto, ainda somos jovens. Portanto, queremos nos provar, impor a nós mesmos e aos outros as nossas vontades, independentemente de sermos ouvidos ou não. Persistimos em nossos erros para que um dia possam vir a se tornar acertos.

Muito provavelmente não somos os únicos, muito menos os primeiros e, com certeza, não seremos os últimos a desejarmos isto: a eternidade de nossos momentos.

Um dia nós vamos rir de muitas loucuras que fizemos na nossa adolescência, acharemos ridículo o jeito como nos vestimos e pensaremos: "Como fui capaz de me apaixonar por aquela pessoa?". Porque uma qualidade que nós temos é a vontade de amar alguém; procuramos o amor em qualquer canto, como se fosse uma obrigação do ser adolescente.

E quanto aos outros sentimentos? Parece que gostamos de sofrer só para conhecer um pouco mais deles. Quer dizer, nós nos arriscamos, temos a coragem que os mais velhos perdem quando vivenciam a primeira decepção. Somos masoquistas quando se trata de viver.

Podemos dizer que somos independentes de qualquer pessoa, mas sempre tentamos imitar nossos ídolos, seguir um pouco dos seus passos, nem que de uma forma inconsciente. Aliás, ser jovem é ter suas confusões, a imaturidade que traz erros que nunca poderão ser consertados, mas que devem ser vivenciados, e o mais importante é que somos sonhadores.

A verdade é que possuímos o que a maioria não considera: espírito. É irrelevante a idade, quando se trata disso, pois podemos ter sessenta anos e continuar jovens, ou ter quinze, mas com o peso do mundo em nossas costas. Tudo se resume em como nos vemos, no quanto apreciamos a vida e queremos viver — sem aprisionarmos a nós mesmos no processo.

O pequeno Toledo não soube como reagir diante de tais palavras. Seu irmão não só voltara a escrever como também fizera um texto para ele. Sobre eles. Sobre a vida e como ela pode ser vivida; não medida em anos, mas em intensidade. E era basicamente nisso que Chris vinha pensando nos últimos dias. Agora que tinha a certeza de que a vida era efêmera, com prazo de validade, queria que durasse o máximo possível, não apenas em questão de dias como também em momentos. Queria viver pelo simples fato de viver e estar vivo. Por isso, levantou-se da cama, enxugou os olhos com o braço direito e guardou tanto o texto quanto a lista na sua caixinha em cima da cômoda do quarto. Não podia se dar ao luxo de ficar sentado chorando o dia todo, mesmo que, em parte, fosse de felicidade. Foi até onde estavam as telas, ligou o som em mais uma música melódica e continuou a pintar, mais inspirado do que nunca. Estava convicto de que conseguiria concluir suas obras de arte antes do fim do dia seguinte, pois esperava necessitar de apenas mais alguns retoques posteriormente.

Manu tivera um dia e tanto. Não que tenha sido bom, muito pelo contrário, mas pode-se dizer que fora bem esclarecedor. Passou a manhã inteira na cama, com preguiça de levantar e entediada por continuar de castigo. Embora quisesse ficar assim pelo resto do sábado, Rute a convencera a sair do quarto; na verdade, eu diria que ela a expulsou ao abrir as cortinas e deixar a claridade invadir o cômodo. Desse modo, Manu arrastou-se pelo espaço, derrubando travesseiros e levando lençol e cobertor consigo conforme andava até o banheiro. Abriu a torneira e deixou a água jorrar um pouco para, só então, lavar o rosto, esfregando os olhos com força para limpá-los e despertar de vez. Sabia que deveria tomar um banho, mas estava faminta demais para ter forças para tal feito.

Se pedisse para Rute trazer o café na cama, ela reclamaria um pouco que essas crianças de hoje são muito preguiçosas e não sabem aproveitar o dia lindo que está lá fora, mas, depois de bajulá-la um pouco com palavras dóceis e elogios sinceros, seu coração amoleceria e ela viria com uma bandeja abarrotada de pães, iogurte, frutas frescas, uma ou duas fatias de bolo e suco de melancia geladinho. Porém, resolveu fazer uma das muitas coisas que sua mãe repudiava: comer à mesa sem estar devidamente limpa e arrumada.

Com um sorriso travesso no rosto, Manu escovou os dentes lenta e minuciosamente, mais por estar lerda devido ao sono do que por higiene bucal. Prendeu o cabelo rebelde com um elástico, saiu da suíte e desceu as escadas ainda vestindo o roupão (e de pantufas).

Miranda Goulart estava sentada à mesa, bebericando seu chá enquanto lia sua agenda e verificava os compromissos do dia. Ao escutar um barulho, inclinou-se e deu de cara com sua filha naquele estado. Sua vontade fora de gritar com ela e mandá-la se trocar, mas se conteve e manteve a compostura. Em vez disso, retribuiu o sorriso que recebia, mais um ato de rebeldia e deboche, e pediu que Manu se sentasse para fazer o desjejum. Resolveu que estava na hora de mudar de tática, portanto, esperou até que Rute pusesse a mesa novamente e prosseguiu:

— Apronte-se a tempo de estar presente no almoço beneficente hoje na casa de Ana Clara.

— Isso é mais uma das suas tentativas de me reaproximar de Adam? — perguntou Manu, limpando farelos da boca com um guardanapo. — Porque, se for, posso garantir que a senhora está perdendo seu tempo e sua energia nessa causa. Nós não vamos voltar.

— O mundo não gira em torno de você, Manoela.

As palavras soavam tão... erradas saídas da boca de Miranda. O estômago de Manu se revirara ao pensar, por um momento fugaz, em comparar o seu nome dito por Miranda e por Chris. Parecia algo completamente diferente. Repreendeu-se de imediato pela associação.

— Só estou avisando — rebateu rispidamente.

— Mas já que você tocou no assunto...

— Ah, não! Não me diga que vai voltar a me encher com isso.

— Quero saber qual é a do seu envolvimento com aquele rapaz, filho de Marta e do falecido Agenor.

Claro que quer, pensou Manu. Como ninguém podia dizer nada, por realmente não haver nenhuma relação além da afinidade que surgira entre os dois nos bons momentos em que passaram juntos — e dos seus pensamentos a que ninguém tinha acesso —, é óbvio que sua mãe estava louca para saber mais sobre isso. Odiava que a filha não conseguisse seguir suas normas padrão na sociedade, mas odiava ainda mais não estar no controle das coisas. Não saber de tudo o que acontecia na sua cidadezinha, como se fosse a dona de cada habitante do lugar.

— Quer dizer que a digníssima Miranda Goulart está curiosa e só sua filha, a ovelha negra da família, sabe da fofoca? Eu poderia sanar sua dúvida, mas prefiro deixar que a senhora surte com algo que foge ao seu controle. Aparentemente, suas mãos não alcançam tudo.

Sua mãe tamborilava com os dedos na agenda, agora fechada, enquanto a caneta repousava milimetricamente ao lado. Perscrutou o rosto da filha, procurando sinais que entregassem alguma dica, mas Manu era boa na arte de esconder suas verdadeiras intenções. A vida era cheia de provações, e ela conseguia superar cada uma delas com sua astúcia e sagacidade. Afinal de contas, ela era do tipo de garota que sempre conseguia o que queria.

— Mas é muita audácia a sua, viu, falar assim comigo. Acha mesmo que eu não sei o que se passa debaixo do meu próprio teto? Eu só espero que você tenha a decência de ser honesta comigo e falar por si mesma, para eu não precisar ficar ouvindo disse-me-disse por aí, dos outros.

Sua mãe sempre fora tão... emocionalmente afastada. Não havia outro modo de defini-la.

O restante da refeição passou-se num silêncio incômodo, distanciando ainda mais mãe e filha.

À uma da tarde, Miranda pasmou-se com a pontualidade de Manu e, secretamente, admirou-se com a beleza estonteante de sua filha. Não que acreditasse nessas baboseiras, mas parecia haver uma luz ao redor dela, pulsando enquanto descia a escada, usando um vestido de renda branco, confeccionado com forro, sem mangas, apertado na cintura e com as costas transparentes. Nos pés, um par de sandálias de salto na cor preta e abertas na frente, mostrando as unhas francesinhas feitas. O cabelo estava escovado e preso num rabo de cavalo com tranças laterais. No mesmo instante, sua impaciência dera lugar a um sorriso de satisfação, seus pés batendo levemente no chão e os braços cruzados mudaram de postura: ela pôs as mãos no rosto e elogiou, merecidamente, a bela moça que se postava na sua frente como uma mulher.

— Quanta elegância!

— Obrigada. Já podemos ir? Quanto antes acabar com essa chatice, melhor.

O motorista as aguardava já do lado de fora, com a porta do carro aberta. A viagem não durou mais do que dez minutos, e fora feita em silêncio. Manu não parava de olhar pela janela, pensando em Chris e se o veria ao longe, pelo menos de relance. Miranda arquitetava um meio de unir sua filha com o filho de Ana Clara na recepção para que eles vissem que eram perfeitos um para o outro e reatassem o namoro de vez. A seu ver, o namoro deles passava apenas por um estremecimento rotineiro.

O jardim do casarão dos Olivares fora enfeitado com panos brancos, que pendiam dos arcos postos estrategicamente no lugar, mesas e cadeiras espaçadas e lindamente cobertas, garçons que passavam para cima e para baixo, equilibrando bandejas com bebidas e um bando de pessoas entojadas, as mulheres vestidas mais no intuito de aparecerem e se provarem umas para as outras e os homens contando histórias sem graça e rindo das próprias piadas só por terem dinheiro. Nem parecia se tratar de um evento beneficente. *Bando de hipócritas!* Manu segurou a vontade de gritar isso.

Apoiado na grade da piscina, Adam vagueava o olhar pelo local, sem fixar os olhos em nada especificamente, distraído. Vestia uma calça de sarja na cor bege com uma camiseta branca com gola em V. Assim que avistou Manu, porém, saiu de lá e sentou-se a uma mesa, como que se escondendo ou dando a entender que não estava com ânimo para discutir, pois sabia que, dependendo do rumo da conversa dos dois, poderia se aborrecer com ela, e não queria isso. Não parecia deprimido nem feliz, contente ou indolente. De súbito, ela deduziu o que ocorrera e seguiu em seu encalço.

— O que houve com as suas pernas?

— Do que você está falando?

— Adam, posso não ser mais a sua namorada, mas eu te conheço o suficiente para saber que você odeia usar calça comprida, ainda mais num evento cedo desses.

— Não é da sua conta.

Manu sentou-se ao seu lado, demonstrando preocupação, mesmo sabendo que poderia se arrepender de estender a mão para o seu ex-namorado, e sussurrou:

— Seu pai te bateu de novo?

— Bebeu? Eu não faço ideia do que você está falando.

Ela suspirou longa e profundamente; ele fitou seus olhos esperando por um sinal de que ela pudesse estar brincando, quando, na verdade, queria que ela realmente soubesse e tivesse com quem desabafar.

— Creio que eu sempre soube, eu só... não sabia como tocar no assunto.

O copo que segurava com a mão direita parecia prestes a se quebrar a qualquer instante. Imprimindo uma voz rouca e abafada, que beira o desespero, revelando, em simultâneo, seu descontrole e sua raiva, ele deu de ombros, bebeu um gole do seu refrigerante e disse, baixa e pausadamente:

— Eu odeio ele.

Observando de esguelha os olhares incisivos que sua mãe lhe lançava, Manu resolveu que era hora de ir para outro canto que não aquele, longe dela e das suas esperanças infundadas. Apesar de parecer, perante a opinião alheia, que eles estavam dando uma escapadinha para namorar, ela queria privacidade para falar sobre algo tão delicado. Desejava, do fundo do seu coração, poder ter uma relação amigável com Adam. Além do mais, Chris a afetara mais do que imaginava, pois não podia deixar outra pessoa sofrendo, por pior que fosse — ela não era ninguém para julgar os outros.

— Vamos para outro lugar conversar.

Foram para o outro lado do terreno, a uma distância segura dos olhos e ouvidos dos fofoqueiros.

— Para falar a verdade, eu pensei que ele tinha parado com isso. Havia tempo que ele não encostava um dedo em mim, mas... — Adam corou, envergonhado de contar para Manu o que armara contra Cleber.

— Eu fiquei sabendo o que aconteceu no hotel. Sabe como é o pessoal daqui.

Ela me conhece tão bem, pensou Adam. *Como pode saber tudo que escondo? Será que... Não. Se ela soubesse que dormi com Rachel não estaria aqui agora.*

— Se você sabe disso por que está falando comigo agora? — indagou.

— Honestamente? Nem eu sei. — Ela pensou por um instante e decidiu ser sincera com ele. — Talvez Chris tenha feito com que eu visse as pessoas de outro modo. A doçura dele me faz refletir se a vida realmente só existe em duas cores, se não somos uma variedade delas e dos seus tons. Talvez só precisemos de um pouco de percepção para notar essa linha tênue.

— Você gosta mesmo desse pivete, não é? — ele cuspiu as palavras com desgosto.

— Já parou para pensar que sua aversão a ele é por inveja de, apesar de ele ser menos afortunado que você, ter a liberdade que você não tem? Que você tratá-lo mal dessa forma e a todos os outros que julga inferior te faz mais parecido com o seu pai do que você gostaria?

— Eu... não... Não sei. Não faço ideia. Quer dizer, não sei você, mas eu cheguei a um momento da minha vida em que não estou satisfeito comigo mesmo nem com nada. Talvez com quem eu seja, talvez com quem eu não me tornei e desejo ser um dia. No entanto, a frustração é minha mais constante companheira.

— Não acredito que vou ser tão clichê, mas só você tem o poder de mudar isso. — Bateu seu ombro no dele e lançou um sorriso em sua direção.

— Obrigado. Pela conversa e por não ser escrota comigo nem nada, depois do que eu te fiz.

— Vou pôr na conta.

— Posso te dar um conselho?

— Fique à vontade.

— Abre o olho com a Rachel, ela só fala com você porque quer ser como você. Se ela pudesse, faria qualquer coisa para estar no seu lugar.

— Mantenha os amigos perto e os inimigos mais perto ainda, certo? Eu sei que ela tem inveja de mim, mas é uma boa companhia quando não está destilando veneno por aí.

— Só não dá bobeira.

— Pode deixar, Adam Levine.

— Não tenho nada a ver com esse cara, Manu.

— Já te falei que isso é um elogio.

Desde que descobrira sobre a doença de Chris, Marta não fora mais a igreja. Não por achar que Deus estava sendo injusto com ela e sua família ou por não ter nada a agradecer, mas por estar ocupada trabalhando, sempre pegando aulas particulares para ganhar um dinheiro extra, ou pesquisando mais sobre a doença do seu filho na tentativa de encontrar uma luz no fim do túnel, uma fagulha de esperança de que tudo fosse ficar bem. Porém, por mais que não quisesse acreditar, por mais que lutasse contra esse veredito com todas as suas forças, era uma batalha perdida.

Decidiu, portanto, que iria ao culto de domingo de manhã. Podia não haver muito o que fazer pela saúde de Chris, mas ainda assim havia pelo que ser grata. Seus filhos estavam mais próximos do que nunca, um deles acabara de noivar e o outro demonstrava uma felicidade que ela não via nele há muito tempo. Por isso, sua consciência dizia que a batalha podia estar perdida, mas não era inútil. Nunca seria. Hoje, agradeceria por todas as bênçãos em sua vida, e a partir desse dia jamais deixaria de curtir seus queridos filhos por qualquer motivo, embora fosse para levar dinheiro para dentro de casa. Mesmo que vivessem com menos, dava para eles se manterem. O que não dava era para apenas sobreviver. Aliás, aprendera isso com Chris, que não importa a duração da vida de uma pessoa se ela não quiser realmente viver. Se não valorizar essa dádiva.

Ao chegar em seu lar, no dia anterior, e ver seu filho mais novo pintando com uma avidez e concentração, ao som de uma música linda da banda Simple Minds, "Don't You (Forget About Me)", que toca no filme *Clube dos Cinco*, chamou por ele e, quando ele se virou, sujo de tinta, ela riu não da visão que teve, mas por ter o prazer de vê-la.

— Adorei o que fez no cabelo. Ficou mais lindo ainda, filho!

— Gostou mesmo? Pensei que a senhora fosse brigar.

— Por que eu faria isso?

— Acho que eu que estava com medo da mudança e usei a senhora como desculpa.

Marta deu alguns passos e postou-se de frente para ele.

— Chris, você nunca me decepcionou, não seria agora que faria isso. — Beijou sua testa com ternura. — Eu te amo.

— Idem.

— Agora volte a pintar, que eu vou tomar um banho para, depois, preparar nossa janta.

Pensando bem, era bom que Cleber estivesse ajudando Chris com sua lista. Além de uni-los e fazê-los passar um tempo juntos, eles tiveram tempo de se conhecerem melhor e aceitarem um ao outro à sua maneira.

Como Cleber continuava na casa de Sabrina, Chris se oferecera para acompanhar sua mãe ao culto, só não esperava encontrar a família de Manu por lá. No duro, ele nem sabia que eles eram daquela igreja, ou de qualquer outra, mas não pôde conter sua satisfação ao ver sua amada sentada no banco de madeira, estudando a pintura atrás da bancada do pastor. Sua mãe o guiou para o lado oposto, e por pouco se sentaram distante dos Goulart. Entretanto, ao desvendar o porquê de o Toledo menor não desviar sua atenção da outra direção, ela optou por se locomover até se estabelecer num assento localizado bem depois deles.

Miranda notara a presença, de certa forma indesejada, dos dois, assim que entraram, mas como percebera que sua filha estava distraída, pensando sabe-se lá no que enquanto fitava aquele desenho sem graça na parede, preferiu não comentar absolutamente nada. Marta, porém, quis dar uma de intrometida e se fixou próximo a eles com aquele seu filho magricela. Sinceramente, não sabia o que Manu vira nele. Adam era o certo para ela, sem sombra de dúvida.

— Como vai, Miranda? — Marta iniciou um diálogo, educadamente.

Isso foi o suficiente para captar a atenção de Manu e fazer com que ela percebesse que Chris, o menino que não saía de sua cabeça, estava a poucos centímetros de distância.

— Osvaldo. — A mãe dele acenou com a cabeça em forma de cumprimento.

— Marta, quanto tempo — Miranda balbuciou, sem muita vontade de mover os lábios.

Já seu esposo retribuiu o gesto com um meneio similar, e estendeu a mão para Chris apertá-la.

— Seu filho cresceu bastante desde a última vez que o vi — comentou.

— A sua filha também, está enorme. Nos vimos uma vez esses dias, rapidamente pelo centro, mas agora que estou reparando melhor no quão bonita ela ficou.

— Muito obrigada — Manu agradecera, supondo que a educação era algo corriqueiro naquela família. — Tudo bem com você, Christopher?

— Melhor agora, Manoela. — Ao reparar que dissera tais palavras em voz alta, ele tratou logo de emendar. — Na presença do Senhor.

Ambas as mães encararam seus filhos, impossibilitadas de conter a surpresa ao ouvir seus nomes completos serem ditos de forma tão doce e, ao mesmo tempo, provocativa. Algo que ninguém fazia. Tal fora o espanto delas, congeladas, sem reação, que Osvaldo precisou cutucar sua esposa e dizer que o culto começaria, para ela virar para a frente. Com isso, Marta também saíra de seu transe, lançou um olhar de mãe para Chris, que significava "você tem muito o que explicar, mocinho", e passou a prestar atenção somente no discurso do pastor.

Apertaram as mãos uns dos outros na hora que o sacerdote pedira e desejaram a Paz do Senhor, mas seu contato parara por aí. Não se viram na saída, pois Miranda apressara sua família com a desculpa de estar comprometida com outra tarefa imprescindível, por essa razão, não poderia se demorar mais do que o habitual na igreja. Manu sabia que era invenção dela, mas não quis criar caso, devido à presença do seu pai, que ela respeitava tremendamente. Chris sentira falta de trocar mais algumas palavras com ela, mas idealizava o encontro na escola no dia seguinte, em que ele entregaria o quadro e receberia o afeto dela em troca — até que estava correto em sua suposição, só não fazia ideia do quanto.

— O mais importante você já sabe — Cleber disse, enquanto tirava as pranchas de cima do carro.

— O quê?

— Nadar. Isso você aprendeu desde pequeno.

— Sabrina, você pode pegar aquela camisa que eu te dei para guardar, por favor?

— Claro.

— Pegue, vista isso. — Ela entregou a camisa a ele, que a jogou para o seu irmão. — Ainda bem que você veio com essa bermuda, o bom dela é que é confortável e flexível, esqueci de te avisar desse detalhe.

Durante a troca de roupa dele, Cleber procurou por um espaço considerável na areia onde pudesse treinar Chris a ficar em pé na prancha (de espuma, a mesma que ele usara ao se iniciar no esporte) e, ao localizar o lugar, indicou-o para que eles o seguissem até lá. Carregava essa prancha e a sua de treino, presas ao corpo, debaixo dos braços, e um isopor com bebidas e frutas com uma das mãos, para aproveitar a tarde de domingo na praia. Deixara a bolsa com as roupas, cangas e biscoitos e o guarda-sol com Sabrina, e duas cadeiras reclináveis de alumínio para Chris levar.

Afundou a ponta da prancha maior, a sua, na areia, deixou a outra de lado por uns instantes e cavou um buraco para o objeto que os resguardaria dos raios solares, concedendo uma boa parcela de sombra. Sabrina colocou os óculos de sol e se sentou na cadeira para endireitá-la; Chris abaixou-se, observando o trabalho manual do seu irmão e ansioso para começar a pegar ondas.

— Aprender a surfar envolve, basicamente, equilíbrio e coordenação, sabe, não tem muito mistério. A maioria das pessoas nem tenta porque acha perigoso, mas isso é uma hipocrisia do caramba, elas têm é medo.

— Ou realmente acham perigoso — Sabrina implicou, ao se levantar da cadeira para passar o protetor solar, mostrando a língua para ele.

— Enfim, estamos com sorte porque hoje as ondas estão pequenas. Bom, chega de conversa, eu vou mostrar como é e você repete depois, ok?

— Ok.

— Pra começar, você deita com os dedos dos pés tocando essa parte. — Ele sinalizou a "cauda" do instrumento. — Suas mãos precisam estar na posição correta, sem agarrar os lados, mas com elas estendidas sobre a superfície da prancha, mantendo-as próximas ao peito, bem assim, oh. — Cleber demonstrou num primeiro momento. — Depois, você vai levantar o peitoral, olhando diretamente para a frente, sem balançar a cabeça ou olhar para baixo; daí você, com os cotovelos dobrados, coloca as mãos na prancha e a empurra. Isso vai fazer com que você salte e fique de pé. Sacou?

Chris seguiu suas instruções com exatidão e subiu na prancha sem muitos problemas: joelhos dobrados, pés longe um do outro e virados para o mesmo lado do corpo.

— Ótimo. Tenta ficar em pé mais uma vez, sem minha ajuda, para eu ver se você consegue fazer isso direito e se lembra do processo ou vai precisar praticar um pouco mais do que o pretendido. Não, não se incline para a frente. Melhor. Agora repete isso mais algumas vezes e vamos logo para a água. — Ele deu um tapa de leve, de encorajamento, nas costas do seu aprendiz.

Alguns minutos depois, quando Cleber julgara que Chris estava apto para tentar para valer, ele indicou com o polegar para ele que era hora.

— Antes de entrar na água, prende essa cordinha ao seu tornozelo, isso te ajuda a manter a prancha por perto caso você caia dela.

Com medo de que Chris pudesse bater com a cabeça se isso viesse a acontecer, ele preferira acompanhar o processo lado a lado, por isso ficaria sentado na sua prancha, caso precisasse socorrê-lo mais depressa.

— Já pode se deitar e remar, um braço de cada vez, sobra essas ondas que estão se formando, está vendo? Quando se sentir preparado, você vai virar sua prancha e começar a remar para a frente. Provavelmente, vai pegar uma onda. Aí pode fazer o que estava praticando lá na areia, mas com os braços abertos, para se equilibrar, até chegar à beira da praia.

Parece que ele nascera para isso. Cleber tivera dificuldades na sua primeira vez surfando, mas Chris conseguira lidar com a situação perfeitamente.

— Isso mesmo, perfeito!

Repetiram o processo mais algumas vezes, as quedas eram quase nulas, e nenhuma delas prejudicou a cabeça de Chris, até que a manobra estivesse mais bem aperfeiçoada. Sua base se fortaleceu em um tempo recorde e Cleber não poderia estar mais orgulhoso do seu irmãozinho.

— O que achou do dia de hoje?

— Eu... Nossa. Nem sei como explicar. A sensação é incrível! Só tenho a te agradecer, Binho!

— Ah, que nada! Para com isso. Nós somos irmãos. Sempre seremos irmãos e sempre ajudaremos um ao outro. Bate aqui. — Tocaram seus punhos e Cleber abraçara Chris no caminho de volta para onde se instalaram, bagunçando seu cabelo molhado.

— Consegui tirar uma foto incrível de vocês lá — Sabrina comentou, com a câmera na mão. — Assim que revelar, peço para fazer uma para cada.

— Você é a melhor de todas. — Cleber beijou sua boca e se sentou ao seu lado, na canga estendida, pegando uma cerveja para ele e um refrigerante para cada um dos outros dois.

Capítulo 12

As eleições para o cargo de prefeito se aproximavam. A cidade estava em polvorosa com a possibilidade de ter um novo prefeito. Não que não gostassem de Osvaldo, porque ele era um bom político: honesto e humilde. O problema era sua esposa, a primeira dama, que se intitulava a dona da cidade, superior à maioria que lá morava. Mais por ela do que por ele que queriam depô-lo.

Há alguns meses ele andava desconfiado de que alguém estava desviando dinheiro dos cofres públicos da sua cidade, mas não sabia quem da sua coligação era o responsável por tal ato. Como precisava arejar um pouco a mente, decidiu levar sua esposa e filha para o culto, na intenção de que recebesse algum sinal ou clareasse as ideias para poder chegar a uma resposta lógica. As modificações feitas na contabilização eram tão sutis que poderiam passar despercebidas diante de um olhar menos minucioso. Todavia, Osvaldo era perfeccionista e íntegro demais para deixar isso de lado.

A priori, não queria acreditar na verdade estampada diante de si, naquelas folhas de papel que segurava com ambas as mãos, sentindo-se traído, mas era inegável. A única pessoa que tinha acesso a todas as suas contas, aos mesmos privilégios, direitos e deveres que ele, era a culpada por essa sujeira. Chegou a se sentar, a respiração entrecortada, com a possibilidade de seu amigo de longa data, seu vice e maior apoiador, ter feito isso com ele. Contudo, não sabia como agir (ou reagir) perante essa situação. Pensaria bem antes de tomar qualquer atitude, de suma urgência, mas não deixaria isso barato. André precisava pagar pelos seus crimes.

No final da aula, Chris entregara o quadro que Manu lhe pedira e ela ficou encantada com o resultado da pintura. *Uma verdadeira obra de arte*, pensou consigo mesma, sem conseguir esconder a surpresa em seu rosto e o brilho de admiração em seus olhos.

— Maravilhoso!

— Nem está tão bom assim...

— Claro que está! Não seja modesto.

— Se é assim... — ele passou a mão no cabelo, bagunçando os fios da maneira que Manu gostava — obrigado.

— Gostei da mudança no visual — ela comentou, passando a mão em mechas do próprio cabelo. — Não tive a oportunidade de comentar ontem.

— Obrigado, mais uma vez.

No breve silêncio que se seguiu, Manu pensou que Chris fosse beijá-la na boca, mas ele a surpreendeu, dando-lhe um beijo carinhoso na testa e logo em seguida um passo para trás.

— Bem, eu preciso ir...

— Sim, claro — disse ela, depois de um instante prolongado usado para tentar entender o que estava acontecendo entre eles, o que ela sentia — e um efeito retardado por estar um pouco decepcionada por ele não ter tentado nada.

— Até amanhã.

— Até!

Manu queria ficar com ele o tempo todo e mais um pouco. A sensação que tinha era a de que compartilhavam um segredo só deles, algo que apenas os dois entendiam — o que, de certa forma, não deixava de ser verdade. O elo que criaram nos poucos dias de convivência se refletiria até o fim da vida de ambos.

Chris sentiu um ímpeto repentino de segurar as maçãs do rosto de Manu e beijá-la, Deus sabe que é o que mais queria naquele momento, mas resistiu por medo de que ela o rejeitasse ou não conseguisse fazer isso direito, afinal de contas, era a sua primeira vez.

Decepcionado consigo mesmo por não ter tido a coragem necessária de declarar o seu amor num gesto tão terno e repleto de doçura, ele foi apressado para casa, a fim de almoçar, tomar um banho rápido e colocar uma roupa decente para voltar ao centro, na intenção de começar o seu primeiro dia de trabalho e dar o seu melhor nisso. Também pudera, estava empolgadíssimo. Não via a hora de ganhar o seu próprio dinheiro e poder gastar com as pessoas de que gostava.

Antes de entrar, com o pé direito, na loja, absorveu cada detalhe daquela visão, desde as lascas na placa de madeira entalhada com o nome do estabelecimento até os objetos de cristais, as velas aromatizadas e os livros expostos na vitrine.

— Sinos, Livros e Perfumes, aí vou eu — murmurou, cruzando os dedos, e girou a maçaneta, fazendo tocar o instrumento de bronze pendurado pouco acima da porta, do lado de dentro.

— Chegou bem a tempo! — dona Virgínia exclamou. — Venha, preciso da sua ajuda para desembalar umas caixas que mandaram.

Descrevê-la é como tentar pegar o ar com as mãos; você sabe que não é possível, mas, em algum nível da sua insanidade, acha que conseguiu. Portanto, o mais perto que se pode chegar é defini-la como uma pessoa espirituosa. Virgínia sempre fora o tipo de ser humano muito alto astral e nunca gostara de ficar parada, pois era adepta do velho ditado: "mente vazia, oficina do diabo".

Fisicamente, ela não era nada fora do comum, mas se vestia de maneira extravagante. Seu cabelo grisalho era curto e bem penteado, cobrindo as orelhas, mas deixando os brincos de bolinha à mostra. O rosto um pouco rechonchudo, mas seu corpo, em si, não parecia acima do peso. Sua pele de um tom branco meio rosado e seus olhos castanhos brilhavam excessivamente. No primeiro dia de Chris como seu funcionário, ela usava uma calça indiana na cor vinho, uma blusa de manga curta na cor salmão, e um cardigã aberto e comprido, um pouco mais claro.

Guiou-o para um cômodo nos fundos do lugar, onde uma cortina de miçangas separava os dois ambientes. Havia mais de uma dúzia de caixas de papelão e quatro menores, de madeira, espalhadas pelo espaço; ao menos metade delas empilhadas uma em cima da outra.

— O que tem dentro delas?

— Algumas são de encomendas das pessoas da cidade, outras são sugestões do fornecedor, mas a maioria não passa de bugigangas que me doam e eu revendo por um preço bacana. Cada uma dessas coisas conta uma história, sabe, é só você querer conhecê-la.

— Como assim?

— Abra, hum, aquele caixote ali. — Apontou para uma das caixas de madeira. — Use o martelo para soltar a tampa. Cuidado!

Ao abri-la, ele pôde contemplar o objeto brilhante, disposto horizontalmente em cima da palha, que servia para amortecer qualquer impacto que a mercadoria pudesse sofrer e não permitia que quebrasse ou se arranhasse. Um abajur de uma lâmpada, com base e haste em inox cromado, feito de cristais de castanha e cristais egípcio *asfour* pirulito, ambos translúcidos e ligados por argolas em aço. Era uma antiguidade única e inigualável e, naquele instante, Chris decidira qual o presente que queria dar para sua mãe.

— Aqui, segure. — Virgínia o despertou de seu devaneio momentâneo, pegando o abajur pelo meio e o entregando a ele. — Sinta a vivência e a experiência dele. Feche os olhos e imagine, pense em quantas casas já esteve, quantos romances presenciou, com quantas perdas teve de lidar... Objetos podem ser inanimados, mas são mais parecidos conosco do que realmente imaginamos. Às vezes, podem não ser necessários para a nossa sobrevivência, mas compõem o cenário de nossas vidas e guardam tantas quantas ou mais memórias do que nós mesmos.

— Eu... Eu nunca pensei por esse lado. A senhora tem razão.

— Claro que tenho! Agora deixe isso aí e desembrulhe essas caixas do lado esquerdo, pois precisamos repor o estoque e reorganizar a vitrine para chamar mais clientes. Mãos à obra, Chris!

Mais tarde, naquele mesmo dia, ele fizera sua primeira venda a uma moça graduanda que procurava um livro de direito constitucional e, depois, a um homem que queria velas específicas para um jantar romântico à beira da piscina, que estava preparando para surpreender sua namorada. Ao passar dos dias, entrou no ritmo da sua chefe e pegou a manha da loja, sabendo onde cada coisa ficava e, inclusive, fazendo seus próprios arranjos no espaço. A empatia com dona Virgínia se estabelecera desde o momento em que Cleber o levara para apresentar sua ideia, e, a partir de então, eles lanchavam juntos, brincavam de cartas com um baralho que ela pegou do estoque (tivera de ensiná-lo a jogar sueca) e, vez ou outra, até almoçavam, quando Chris ia para lá direto da escola.

Após a primeira quinzena, ele recebera seu primeiro salário e, feliz da vida, pediu que ela deixasse no caixa, pois queria comprar o abajur que tanto cobiçara para sua mãe. Comovida com sua atitude abnegada, ela deixou que ele levasse o objeto pela metade do preço, para, pelo menos, manter um dinheirinho guardado para caso precisasse ou quisesse sair para se divertir um pouco.

— Tem certeza? — ele perguntou, preocupado.

— Não vai fazer falta, filho. Aposto que vou receber em dobro um dia, então pode ir presentear sua mãe. Te espero na segunda-feira.

No caminho de volta, ele não se conteve de empolgação e se desviou um pouco de seu caminho costumeiro, decidindo passar na escola em que sua mãe lecionava, a fim de entregar o presente a ela e levá-la para tomar um sorvete com o que sobrara do seu salário devido à gentileza de Virgínia. Sem querer, entretanto, topou com Adam. Seu coração acelerou e bateu mais forte, sua respiração ficou pesada e, por um segundo, se esqueceu de como normalizá-la; seu cérebro estava com dificuldade de racionalizar. Inconscientemente, pôs a sacola de papel reforçado para trás, com medo de que ele pudesse quebrar o presente, como fizera esvaziando as tintas semanas atrás.

— Não vim aqui para te fazer mal, eu só quero conversar.

— Como você sabia onde me encontrar?

— Eu te vi na loja dos sinos outro dia, depois fiquei pensando se deveria te procurar ou não, então hoje tomei coragem para pedir desculpas pelo mal que te fiz.

— Por que eu deveria acreditar em você, Adam?

— Não posso te garantir que deveria acreditar no que eu digo, mas... Cara, isso está sendo tão difícil pra você quanto pra mim, facilita, vai!

A confiança é um dos sentimentos mais complexos oriundo de um ser humano. Um dos motivos se deve ao fato de muito raramente possuir razão concreta para sua existência, simplesmente nascendo sem muitas explicações, de repente. Por outro lado, a falta ou perda dela se baseia em atitudes ou feitos passados, ou mesmo presentes, o que leva uma pessoa a desconfiar de outra, ou se decepcionar com alguém.

— Eu estava indo a outro lugar — desconversou.

— Eu te levo lá, meu carro está aqui perto.

— Não precisa, de verdade. Obrigado.

— Se eu quisesse te machucar, já o teria feito.

Chris ponderou o peso de suas palavras; a frase fazia sentido. Ainda assim, era difícil dar o braço a torcer e, mais ainda, confiar que ele estivesse dizendo a verdade depois de tudo pelo que o fizera passar. Quer dizer, em boa parte dos últimos meses ele sofreu agressões, tanto físicas quanto verbais, da parte de Adam. Porém, algo na sua voz e nos seus olhos, um desespero não tão oculto, fez com que ele desse uma chance para que o outro expusesse seus motivos de pedir para conversar.

— Tem uma padaria atravessando a rua, podemos parar alguns minutos, se não for demorar muito.

— Beleza, me espera lá. Só vou estacionar o carro em uma vaga que não seja proibida, antes que eu leve uma multa.

Se quisesse fugir, essa era a hora certa. Porém, por mais que seu cérebro dissesse que era o mais lógico a se fazer, que não deveria deixá-lo chegar perto de si, Chris optou por ignorar esse raciocínio e dar a Adam um voto de confiança. Aquele momento fora decisivo para a pessoa que Adam se tornaria no futuro. Por Chris ter escolhido ficar e ouvi-lo, mostrando o quanto seu coração era aberto, o herdeiro dos Olivares pôde reavaliar suas atitudes e mudar o que havia de errado nele, para melhor.

De qualquer modo, olhou para os dois lados da rua e atravessou-a, sentando-se do lado de fora da padaria, numa cadeira de plástico vermelha, onde poderiam estar à vista de outras pessoas e era mais arejado. Aliás, pensou que se alguma coisa viesse a acontecer seria mais fácil de correr. Não queria se dar ao luxo de gastar o pouco que tinha, mas não podia ficar ali sem consumir, então pediu uma garrafa de água mineral sem gás. Com extremo cuidado, colocou a sacola na mesa, deitada, para não virar e cair, e esperou até que o garçom voltasse com o seu pedido. Nesse interim, Adam estacionou sua picape a alguns metros de distância, desceu dela, bateu a porta com um pouco mais de força do que o necessário, trancou-a e foi caminhando na direção de Chris. Puxou uma cadeira de frente para ele, sentou-se e cruzou os dedos das mãos, apoiando o queixo nos polegares.

Silêncio.

— Diga o que está pensando. — Chris foi o primeiro a quebrar o silêncio.

— São tantas coisas que nem sei por onde começar. — Ele passou a mão na barba, como se a coçasse, repetidas vezes, uma ação típica de quem está nervoso.

Silêncio.

— Eu não estou aqui para julgar ninguém. Só aceitei ter essa conversa porque você parecia realmente precisar de alguém para ouvi-lo, e eu não negaria isso a qualquer pessoa que conheço ou não. Isso inclui você.

— Tá vendo? Esse é um dos motivos pelo qual eu não consigo falar contigo. Você é um cara bem melhor do que eu, e isso me irrita. Não porque você é bom com os outros, mas porque isso faz com que eu tenha que admitir que eu sou um merda.

Silêncio.

O Toledo refletiu sobre o verdadeiro significado por trás do que fora dito e chegou à conclusão de que alguma coisa estava acontecendo na vida do rapaz, que desmoronava aos poucos à sua frente.

— Não que isso sirva de consolo, mas eu sou um covarde tremendo, e você é audacioso pra caramba, então estamos quites.

Isso pareceu quebrar o gelo entre eles e soltar um pouco Adam, sem contar que deixou Chris menos receoso, após perceber um riso vindo dele.

— Tá certo, tem razão. — O jogador soltou o ar como que para liberar a energia e a frustração contidas. — Antes de mais nada, eu quero pedir desculpas por ter sido o maior babaca do mundo todo esse tempo. Eu não tinha nenhum direito de encostar um dedo sequer em você nem de fazer as coisas que eu fiz. Gostaria que você pudesse me perdoar algum dia. Sei que é pedir demais, mas não custa nada eu tentar. Também sei que você e a Manu não têm nada, e eu agi por ciúmes no dia em que joguei as tintas fora, por isso quero te reembolsar e dizer que, não sei como, você a mudou e eu não consegui lidar com essa mudança. Talvez por eu continuar sendo o mesmo panaca de sempre, talvez porque eu queria ser o cara que mexesse de verdade com ela, mas você venceu essa, ela está caidinha na sua. E, para terminar, se não for forçar muito a barra, eu... Chris, você está bem? Chris? Chris! Alguém ajuda! Acho que ele desmaiou.

Assim que chegara, tendo saído mais cedo do hotel por causa das circunstâncias, Cleber avistara Adam e partira para cima dele, segurando-o com força pelo colarinho da camisa, na sala de espera. Avançara com tamanha ferocidade que não houve tempo para nenhum tipo de intervenção.

— O que você está fazendo aqui? Diga! O que você fez com o meu irmão, seu canalha?

— Eu não... Eu não fiz nada. — Ele engoliu em seco. — Juro pra você. Eu só estava conversando com ele, me desculpando por tudo que fiz.

— Não acredito em uma palavra que saia da sua boca. Você tentou me incriminar! — Pressionou-o ainda mais contra a parede.

— Cleber, pare com isso — Marte suplicara. — Ele está dizendo a verdade. O dono da padaria do centro veio com eles na picape. Adam socorreu seu irmão a tempo de salvá-lo, se ele demorasse um segundo a mais talvez nosso Chris não estivesse aqui conosco.

Sem mais forças para resistir, ela cedeu ao choro e se entregou a sua própria dor. Imediatamente, Cleber esquecera qualquer rixa com Adam e largou-o, indo consolar sua mãe. Ao abraçá-la com firmeza, deixou que sua cabeça descansasse em seu peito e sentiu seu uniforme, que não dera tempo de trocar, ficar molhado com suas lágrimas. Não se incomodara nem um pouco com isso. Apenas queria que ela ficasse bem e se recuperasse para quando Chris voltasse da cirurgia.

— Que lugar é esse? — Chris perguntou, desnorteado, ao abrir os olhos. — Onde é que eu estou?

— O paciente acordou — disse a voz da enfermeira para quem estava do lado de fora do quarto. — Aguarde só um instante que o médico de plantão já vem dar uma olhada em você. De acordo com o laudo — ela pegou a prancheta da cabeceira da cama e leu o que estava escrito —, você teve hidrocefalia, que é quando seu sistema ventricular se dilata, e obstruiu o fluxo de líquido. Sua corrente sanguínea não conseguia drená-lo por conta própria, devido a um tumor cerebral... Ah, desculpe, eu não sabia disso. — Ela parou de ler e o fitou com pesar e compaixão. — Acabei de pegar esse plantão e não estava a par da sua condição de saúde. Tão jovem... — sussurrou despercebidamente. — Eu vou pedir para a sua família entrar, pode ser?

— Seria muito bom, obrigado. — Ele sorriu fracamente.

— É pra já!

— Não se preocupe, eu já acertei tudo com o hospital. — Adam voltara da recepção pondo a carteira no bolso. — Eu tinha um dinheiro guardado no banco e usei para pagar as despesas com o material e a equipe do anestesista. Não dava para esperar pela liberação do plano de vocês, poderia ser tarde demais. Como esse tipo de cirurgia não é muito comum, teria uma burocracia enorme. Por ser conhecido do anestesista que a executou, um amigo do meu pai, ele não cobrou a mão de obra, só o material usado e o valor da sua equipe.

— Eu não tenho palavras para agradecer a você pelo que fez, mas não posso deixar que arque com as despesas.

— Como eu disse antes, não dava para esperar pela liberação do plano de vocês, dona Marta, só deu para agilizar o cirurgião, mas como eles devem reembolsar quase o valor total da anestesia, façamos assim, me paga apenas isso. O resto fica de presente. É o mínimo que eu posso fazer...

— Deus lhe pague, meu filho, Deus lhe pague.

Aconselhado por Sabrina, Cleber fora falar com Adam. Os dois tinham muitas diferenças, mas estavam ali, unidos, naquele momento, por uma causa especial. Chris era uma daquelas pessoas... Tinha esse dom, sabe, de aproximar os outros mesmo sem ter a intenção.

— Quero te agradecer por tudo que você fez pelo meu irmão. — Sua voz saiu um pouco áspera, mas sem resquício de amargura, somente gratidão. — Independentemente de qualquer coisa passada, foi muito humano da sua parte.

— Depois de tudo que eu fiz, batendo nele, na cabeça dele... — Adam soluçou. — Agora eu descubro que ele tem uma doença terminal... — Lágrimas começaram a rolar incontrolavelmente pela sua face. — Que tipo de monstro eu sou, cara? Eu bati no Chris, um moleque indefeso, que nunca fez mal a ninguém e estendeu a mão para mim mesmo sem eu merecer. Eu deveria estar naquela cama, não ele. Não mereço nada do que tenho. Sou um monstro. Um monstro sem coração. — Ele não conseguia mais controlar seu desespero e toda a sua pose e máscara caíram, revelando um adolescente desesperado e sem rumo.

— Se não pesasse na consciência, qualquer um poderia facilmente tomar certas decisões.

— O paciente acordou e gostaria de vê-los. — A enfermeira chegou com a notícia, interrompendo, de súbito, o momento constrangedor entre ambos os rapazes.

Adam secara o rosto com a barra da sua camisa e se recompôs assim que ela pediu que eles a seguissem, pois os levariam até o quarto. Antes, porém, os deixou de sobreaviso que só poderia entrar de dois em dois, e apenas um deles poderia passar a noite com Chris. Marta se levantara meio que apoiada em Sabrina, concordando com tudo que ela dizia, doida para ver o seu filho e falar com ele. Cleber pegou na mão das duas e, percebendo que Adam estava parado, isolado de todos em seu próprio mundo cinzento, pediu que ele os acompanhasse. Afinal de contas, ele era o herói do dia.

A cirurgia não demorou muito mais do que uma hora. Chris só acordara bem depois. Conforme caminhavam, a enfermeira explicou que ele teria que ficar três dias de observação no hospital e que havia um cateter na sua cabeça e outro na região do abdômen.

Primeiro entraram sua mãe e seu irmão. Ela o abraçou do jeito que dava e expôs toda a sua preocupação, demonstrando uma felicidade imensa por ele estar bem e lúcido. Cleber disse que ele era um idiota por deixá-los naquele estado emocional e brincou, para descontrair, dizendo que era bom mesmo ele se recuperar logo para poder voltar ao trabalho, já que agora tinha responsabilidades.

Sabrina passou rapidamente só para dar um beijo no seu cunhado e dizer que esperava que ele melhorasse para poder pintar o quadro que lhe prometera e participar da recepção de casamento adiantada deles.

Cleber relatou o que Adam fizera por Chris e ele pediu que o deixassem entrar. Sempre pensando nos outros, nessa troca de visitantes, ele pedira, inclusive, que assim que pudesse seu irmão deveria avisar a dona Virgínia sobre sua ausência e o porquê disso, para ela não pensar que ele estava se aproveitando da boa vontade dela e a usando, após ter conseguido o que queria e um pouco mais. Também não se esquecera do presente da sua mãe e, quando se deu conta de que a sacola não estava por perto, pensara que a tivesse perdido no meio de toda essa confusão. Adam o tranquilizara, dizendo que guardara tudo que ele carregava consigo na picape, para que ficasse tranquilo e não se preocupasse com isso.

— Ufa! Assim que eu sair daqui, quero dar o presente a ela, acho que vai gostar do que eu comprei.

— Deve, sim.

— Eu fiquei sabendo do que você fez, me trazendo para cá, avançando todos os sinais e liquidando uma dívida que nem era sua. Por quê?

— Eu te devia uma. Ou várias.

— Você não me devia nada, Adam. Não que eu não esteja agradecido, muito pelo contrário, eu devo minha vida a você, mas por que fazer tanto?

— Porque você é uma boa pessoa, e não merece sofrer mais ainda. Nem os seus familiares, que te amam com tal intensidade que eu nunca vi.

— Até que você não é tão mau quanto eu pensei que fosse.

— Até que você é bem durão, não o maricas que dá a entender.

— Posso te pedir um favor?

— Se estiver ao meu alcance...

— Não conta nada disso para a Manu.

— O quê? Por que não?

— Porque, é... Porque eu...

— Espera um minuto, ela não sabe que você está doente?

— Eu nunca disse nada a ela.

— Por que não?

— Não queria que ela falasse comigo só por pena.

— A Manu não é assim.

— Hoje eu sei disso, mas antigamente eu não podia arriscar. Era tudo ou nada. E não queria ser um estorvo desde o início. Precisava fazer com que ela gostasse de mim como eu sou, para depois me aceitar com toda essa bagagem que eu tenho.

— Acho que você deveria falar a verdade para ela. Pelo que a conheço, ela odeia que mintam e preza muito que joguem limpo.

— Eu nunca menti para ela sobre nada, só omiti minha doença. Mas me dá um tempo para melhorar e eu prometo que tomarei coragem para contar isso a ela eu mesmo, e seja o que Deus quiser.

— Não vou me meter nisso. Nem tenho nada a ver com isso. A vida é sua, Chris.

O jovem pintor bocejara e Adam entendeu sua ação como uma deixa para ir embora e ele poder dormir. Quando estava prestes a sair do quarto, Chris o chamara.

— O que você estava prestes a dizer antes de eu desmaiar?

— Você se lembra da nossa conversa?

— Vagamente.

— Então deixa pra lá. Outro dia nos falamos. Melhoras.

— Obrigado.

Capítulo 13

Por causa do seu estado de saúde, Chris só tivera alta no terceiro dia depois da cirurgia. Além disso, por insistência da sua mãe, emendou a semana em casa. Poderia pegar a matéria das aulas depois, e, como não estava em época de provas, uns dias de repouso não afetariam suas notas e isso seria eficiente no seu processo de recuperação. Sem ter notícias dele, Manu resolvera visitá-lo em casa para saber o que estava acontecendo, pois tomou conhecimento por meio de terceiros de que ele estava doente, apenas não fazia ideia do grau da enfermidade que deveras se passava com ele. Cumprindo sua promessa para com Adam, Chris resolveu se abrir com a filha do prefeito e revelar seu maior segredo, desfazendo a aura de mistério que o envolvia.

— Por que você não me contou? Por que decidiu esconder isso de mim?

— Porque eu não queria que nossa relação fosse baseada em compaixão, ou que você falasse comigo somente por pena.

Ainda sem digerir a informação, ela se defendeu.

— Eu jamais faria isso, não é da minha índole!

— Me desculpa, Manoela. Eu queria que nada disso fosse verdade, que essa doença não existisse, mas existe, e eu... — Ele segurou o choro e permaneceu olhando fixamente para ela. — Justo quando eu me sinto em casa. Quando encontrei meu verdadeiro lar.

— A verdade é que eu me entrego, Christopher, é quem eu sou. Pode achar que eu sou uma oferecida ou interesseira, ou que seja, e ficar desconfortável com isso, mas...

— Não, não me sinto desconfortável com você.

— O problema é que você é sempre tão tranquilo com relação a tudo, está sempre de bem com a vida, mesmo quando ela parece não querer estar de bem com você e... eu me sinto vulnerável perto de você.

— Mas você não deveria se sentir dessa forma. Sabe... eu sinto que o que temos é verdadeiro.

— Idem. Então, a partir de agora, vamos ser sinceros um com o outro. Nada de mentiras ou meias verdades. O que acha?

— Acho ótimo. — Ele sorriu e bagunçou o cabelo daquele jeito que a deixava encantada. — Obrigado, Manoela, por me tratar como um igual.

— Por que eu mudaria o tratamento agora? Você continua sendo o Rei da Concha do Mar.

— Tem razão, minha Rainha. Nossos súditos aplaudem essa atitude digna de Vossa Majestade.

— Tentarei vir visitá-lo amanhã, ok? Fica bem até lá. — Ela repetiu o gesto dele de semanas atrás, beijando-lhe a testa com ternura e saiu lançando um sorriso em sua direção.

O motorista a aguardava do lado de fora. Sua mãe descobrira que ela havia ido até aquela parte da região e o mandara atrás dela. Não queria discutir nem fazer pirraça, batendo o pé como uma garota mimada e indo para casa por conta própria, estava até feliz por ter companhia e não precisar voltar caminhando por todo o trajeto — não sabia se conseguiria. Sobrecarregada com a notícia de Chris, Manu só queria chorar, mas precisava ser forte na frente dele. Como pode? Por que uma coisa dessas foi acontecer justo com alguém como ele?

— Está tudo bem, senhorita? — Bruno perguntou, ao abrir a porta e perceber a expressão de derrota tomar conta do rosto dela.

— Eu vou ficar bem, mas é que... ele... não... — Manu ultrapassou a barreira de empregado e empregadora e o abraçou, desalentada. — Chris está morrendo, Bruno. Em que mundo isso é certo?

— *Shhh.* — O senhor acariciou seu cabelo como um pai acudindo a uma filha. — Não fica assim, Manu. Pensa que, agora que você sabe disso, pode passar os momentos finais ao lado dele. Tornar tudo mais fácil e criar memórias que durarão para sempre.

— Tem razão. — Ela limpou os olhos borrados devido à maquiagem e ergueu a cabeça. — Obrigada. Agora vamos, antes que a dona Miranda fique te enchendo o saco e falando no meu ouvido por demorarmos.

Chris ficou na sala assistindo à televisão por mais algumas horas depois que Manu fora embora, mas, quando se sentiu um pouco cansado, resolveu se deitar na cama, em seu quarto.

— Tem alguém aí que quer vê-lo — Cleber anunciou com uma cara de poucos amigos.

— Quem?

— Adam.

Por mais que ele tivesse sido prestativo e ajudado tanto Chris a sair daquela situação numa boa, Cleber mantinha um pé atrás com ele, por via das dúvidas. Quando seu irmão entrou e acendeu a luz, o pintor se sentou e pediu que deixasse o visitante entrar.

— Não vou deixar você sozinho com aquele babaquinha. Por mais que diga que se arrependeu, e tenha provado isso, ainda não confio nele.

— Pega leve com ele, Binho. Adam tem se esforçado para mudar.

— Isso é o que veremos. Por ora, prefiro ficar atento.

Seu irmão saiu do cômodo e, em alguns segundos, voltou com Adam em seu encalço. Parou em frente à porta e liberou a passagem para que ele entrasse, mas não arredou o pé dali de maneira alguma. Chris ficou encabulado com a proteção, mas sorriu por ter a sorte de Cleber ser assim, sinal de que realmente gostava dele e queria o seu bem.

Adam ficou parado, sem saber muito bem o que fazer ou dizer, e se perguntando se deveria estar mesmo ali ou se essa havia sido uma má ideia. No entanto, sentira a necessidade de visitá-lo, e precisava devolver-lhe a sacola da loja que carregava no dia em que desmaiou. Ou era isso o que repetia dentro de sua própria cabeça para explicar a sua presença naquele lugar. Não queria admitir, mas, depois que conhecera um pouco mais sobre Chris e seus laços familiares, desejava o mesmo para si. A frase que ele não conseguiu completar... Se não fosse forçar muito a barra, gostaria de poder ser amigo dele.

— Quadro maneiro esse da sala. — Resolveu começar por uma amenidade.

— Eu que pintei.

— Tá brincando!

— Não, sério. É o que gosto de fazer.

— Por isso a Manu te dera as tintas... — A ficha caiu como um soco no estômago. — Se arrependimento matasse... Quantas besteiras eu fiz e só agora percebo? Caramba!

— São águas passadas, você não é mais aquele cara. — Chris se levantou e bateu no ombro dele, balançando a cabeça numa indicação para que ele não se preocupasse com isso.

— Eu te devo um pedido de desculpas também, Cleber. Pela armação no hotel e... qualquer coisa mais que eu tenha feito. — Adam virou-se e estendeu a mão para que o outro a apertasse.

Um suspense embaraçoso pairou no ar, causando uma expectativa angustiante em todos os presentes, como num daqueles filmes em que os personagens prendem a respiração, aguardando pelo veredito final numa sala de julgamento.

Cleber não dissera nada, mas correspondeu com o mesmo movimento ao cumprimentá-lo.

— Garanto não pisar mais na bola.

— É bom mesmo.

— Agora me conta mais sobre essa sua habilidade. — Satisfeito com o rumo que a conversa tomara, ele voltou-se para Chris, bolando uma ideia que poderia dar certo caso ele concordasse. — Tem outros quadros?

— Muitos. Não tem espaço suficiente para pendurar todos aqui em casa.

— Será que eu posso ver?

— Por que não? Só preciso de ajuda para levá-lo até lá, é muito incômodo andar com isso preso dentro de mim — referiu-se aos cateteres. — Binho?

Ele passou a mão por cima do pescoço de Cleber e a descansara em seu ombro, sustentando o seu peso no corpo do irmão. Adam seguiu lado a lado com eles, devagar, e analisando o imóvel com mais concentração, sem se sentir envergonhado por fazer isso na casa dos outros. Por mais que fosse uma residência daquele lado da cidade, era impecavelmente limpa e arrumada, sem contar que os móveis estavam todos bem conservados. Resumindo, parecia um bom lugar de se morar. Nada frio e solitário como no seu casarão, mas quente e acolhedor, como um lar deveria ser.

Ao entrar no quarto dos fundos, Chris tateou na parede às suas costas à procura de um interruptor para ligar a luz, mas não o encontrou. O cômodo estava escuro e, como ele estava do lado oposto ao da tomada, não conseguiu alcançá-la. Cleber estava prestes a se contorcer a fim de acender a luz para clarear o espaço, mas Adam fora mais rápido e o fez antes do outro.

Dezenas de telas estavam estendidas pelas quatro paredes ou encostadas nelas, enfileiradas no chão ou em prateleiras de alumínio. No centro do lugar havia um cavalete e um banquinho, ambos de madeira, com a mesa mais de escanteio. O jogador arregalou os olhos e não conseguiu disfarçar a sua surpresa diante da prova de tanta dedicação e um talento nato, resultado de um trabalho árduo e duradouro.

— São muitos!

— Eu disse.

— E você nunca pensou em expô-los ou vendê-los?

— Seria um sonho se tornando realidade, mas quem compraria minhas pinturas?

— Muita gente. São obras de arte, cara. Minha mãe mesmo é doida por coisas abstratas como as desses quadros — disse, apontando para dois na parede à sua direita. — Quando você me falou que aquele da sala, o do cavalo, tinha sido feito por você, eu tive uma ideia, mas agora que você disse ser seu sonho, podemos pô-la em prática.

— O que você tem em mente?

— As amigas da minha mãe estão sempre fazendo eventos beneficentes para ajudar instituições de caridade, pensei em pedir que ela organizasse um a fim de expormos seus quadros por um determinado valor, mais alto do que o que você pediria, doarmos um montante e o resto é seu. O que você me diz?

— Eu... Sério que você faria isso?

— Uhum.

— Claro que eu quero!

— Acho que ela consegue ajeitar tudo em, no máximo, um mês.

— Adam, você não imagina o quanto isso significa para mim — Chris disse, encantado.

— Mas tem um porém, quero que você me faça um favor.

— Qualquer coisa!

— O time da escola vai jogar sexta-feira que vem contra uns caras do distrito de Cabo Frio, você tem que nos ver jogar e torcer bastante.

— Fechado!

— O jogo vai ser em casa? — Cleber abrira a boca pela primeira vez desde que saíram do quarto deles.

— Sim. O treinador tem posto muita pressão em nós. Não podemos perder de jeito nenhum ou estamos fora do campeonato.

— Também vou com a Sabrina, será bom para matar a saudade dos velhos tempos.

— Ótimo! Você poderia levar a Manu, Chris...

— Acha que ela aceitaria ir comigo?

— Nunca vai saber se não perguntar.

Ao fim daquele dia, Chris pegara sua lista e acrescentara nela mais um item, feliz com os novos rumos que sua vida tomara e em como era abençoado por ter pessoas que se importam com ele.

~~*Aprender a surfar;*~~
~~*Aprender a dirigir;*~~
Aproveitar as mínimas coisas que a vida pode oferecer;
~~*Convencer meu irmão a voltar a escrever;*~~
~~*Comprar um presente bacana para minha mãe;*~~
Correr na chuva para beijar o amor da minha vida;
Dar meu primeiro beijo;
Deixar a timidez de lado;
~~*Finalmente falar com Manoela;*~~
~~*Ganhar corpo e deixar de ser magro;*~~
~~*Imaginar um corte de cabelo legal e fazê-lo;*~~
Namorar;
Ser (re)conhecido pelas pessoas que conheço;
Comparecer ao casamento de Cleber e Sabrina;
Expor meus quadros numa galeria.

Adam saiu da casa de Chris e foi direto para a de Manu — ainda havia um acerto de contas a ser feito. Enquanto não colocasse o passado para trás, não conseguiria seguir em frente com a sua vida da maneira que pretendia. Quer dizer, ele estava empenhado em ser uma pessoa melhor, mais por si mesmo do que pelos outros, e esse era apenas o início das mudanças que viriam a ser alcançadas. Não se tornaria alguém como o seu pai de jeito nenhum.

Rute atendeu a porta com uma carranca menos severa do que das outras vezes em que ele estivera lá, e foi mais educada do que o normal, pelo menos, com ele. Sinal de que ela estava feliz pela separação ou, de algum modo, e ele não fazia ideia de como, ela sabia que ele estava disposto a não ser mais o babaca de sempre.

— Posso entrar, Rute?

— Fique à vontade. — Quando ele passou para o lado de dentro da casa, a empregada fechou a porta. — A menina está no quarto, vou chamá-la, só um minuto.

— Se importaria se eu subisse? Gostaria de trocar uma palavrinha com ela em particular e, aqui, a senhora sabe...

— Dona Miranda não está, não se preocupe.

— Ah, então eu vou esperar na sala.

A senhora subiu as escadas com um rebolado diferente, como se dançasse conforme andasse; certamente, parecia uma imitação brasileira da Whoopi Goldberg. Nessa troca, Manu descera como um cavalo, com pisadas fortes e apressadas. Já recostado numa das poltronas da sala, Adam esperou até que seus passos se silenciassem e, como ela não se sentou, ficou de pé para resolver a última pendência entre eles, encarando-a a fundo nos olhos, como um homem. Não era de refletir muito sobre o que fazer, simplesmente agia por impulso, mas, em sua cabeça, repassara essa conversa diversas vezes, e em nem uma delas terminava de maneira favorável para ele. Manu, por sua vez, cruzou os braços e não facilitou nada as coisas para ele, não havia vestígios de solicitude em sua expressão, tanto corporal quanto facial. De qualquer forma, ele enfiou as mãos nos bolsos laterais da bermuda e desembuchou, de uma só vez:

— Eu fiz sexo com a Rachel enquanto nós dois ainda estávamos juntos.

Sua ex-namorada o esbofeteou. Um tapa que ele não previra, mas que queimou em cada marca dos dedos dela que ficaram desenhados no seu rosto vermelho.

— Tudo bem que eu mereço, mas por que você me bateu com tanta força? — perguntou, massageando o rosto dolorido.

— Para você aprender a não esconder nada de mim, sabe que eu odeio isso! Não estou brava por você ter me traído quando ainda namorávamos, quer dizer, é um pouco disso também, mas mais por ter feito com quem fez e não ter me contado nada durante todo esse tempo.

— Isso não faz sentido.

— Do que você está falando?

— Até parece que você já sabia e só estava esperando eu confessar minha traição.

— Acho que sempre me comportei mais com como as coisas pareciam do que como elas realmente eram.

— O que isso quer dizer?

— Que eu sempre desconfiei, mas nunca procurei saber a verdade por medo de, sei lá, mudar as coisas. Era mais fácil deixar como estava do que mexer na ferida.

— Eu te entendo. Bem mais do que imagina... — Um silêncio se instaurou entre eles, carregando o ambiente com os erros de cada um no relacionamento, porém, foi quebrado por Adam assim que ele percebeu que era melhor ir embora. — Só para você saber... Não posso deixar de sentir algo, mas posso fingir.

Ele passou por ela, que, confusa, o seguiu até a porta. Ela fez com que ele parasse, segurando o seu braço.

— Agora sou eu quem pergunto, o que isso quer dizer?

— Só damos valor ao que temos quando perdemos, certo?

Imediatamente, Manu entendera: Adam nutria sentimentos por ela, de verdade, e só percebera depois que se separaram.

O domingo amanheceu com o céu carregado de nuvens, mas sem chuva. Chris não fora ao culto, mas sua mãe, sim. Cleber ficara em casa fazendo companhia a ele, e porque tinha de consertar o farol do carro, que estava com a lâmpada queimada. Mais tarde, trabalharia no hotel, no turno da noite; por enquanto, dava para relaxar um pouco. Não queria que Chris se esforçasse com o surfe nem com os treinos de musculação adaptados por ele, mas deixou que o ajudasse com as ferramentas na garagem, como um meio de se sentir útil e não ficar parado a ponto de atrofiar os membros. Conversa vai, conversa vem, o irmão mais novo para repentinamente, como se estivesse paralisado.

— Binho, eu vou contar tudo para ela. Finalmente eu vou dizer o que eu sinto, que sempre a amei, e hoje amo ainda mais. Que é ela quem está presente nos meus sonhos, nos meus pensamentos, e me dá forças para continuar seguindo em frente. Que é por ela que eu luto para viver mais e mais. Que eu a sinto bem aqui dentro, no fundo do meu coração, a todo instante. Que ela, e somente ela, é a pessoa que inspira a minha alma, o meu coração.

— Até que enfim! O que está esperando? — Ele terminou de parafusar o que faltava e fechou o capô do automóvel. — Vamos nessa. Eu te dou uma carona. Acabamos aqui.

Binho manobrou o carro para fora enquanto Chris trancava tudo. Quando ele pulou para dentro do veículo, antes mesmo que pudesse se acomodar no estofado do banco ou fechar a porta, seu irmão girou o volante e acelerou para o centro da cidade. Ofegante, Chris bateu a porta e sentiu seu coração bombear velozmente, o rosto queimando e a mente a mil por hora: a adrenalina começava a fazer efeito.

Um raio riscou o céu, iluminando o nublado do dia.

— Para onde eu vou agora? — perguntou seu companheiro de aventuras.

— Hum... Vire à esquerda, depois, à direita, é quase no final da rua, uma casa enorme com portões de ferro.

Um trovão ribombou tão alto que deu a impressão de fazer tremer tudo.

— É aquela?

— Sim!

— Vai, vai, sai, sai!

Chris destravou a porta do carro e saiu saltando e correndo, extremamente ofegante, ignorando a dor no corpo, o incômodo dos cateteres e parando em frente ao interfone.

— Rute, é o Chris. — Sua voz saiu entrecortada devido à respiração pesada. — Por favor, abre o portão. Eu preciso falar com a Manoela.

— Já não era sem tempo, rapazinho.

A emoção era tanta que ele nem notou as gotas de água caírem enquanto apressava o passo para chegar ao seu mais precioso bem, seu amor de infância — seu lar. Ela nem quis saber de ficar na varanda e saiu na chuva para encontrá-lo. Precisava ficar com ele. Não, necessitava estar junto dele. Sentir o seu cheiro, ver o seu rosto e tocar no seu cabelo.

— Manoela, eu... — Ele mesmo se interrompeu e a beijou.

Nunca fizera isso antes, apenas vira isso em filmes ou novelas, lera em livros ou presenciara na rua ou entre Cleber e Sabrina. Segurou-a pelo cabelo e colara seu corpo ao dela, com uma das mãos em sua cintura; Manu correspondera ao beijo, repetindo os mesmos movimentos dele, praticamente sincronizados, e depois mudara de posição, abraçando-o mais forte e mexendo a boca com uma vontade insaciável.

O calor entrou no corpo de Chris e se irradiou por cada célula dentro dele, movendo-se energicamente e contagiando seu ser, enchendo-o com a sensação mais delirante que ele sentira em toda a sua vida.

Ao acordar naquele dia, Chris não suspeitava de que realizaria dois dos seus mais fervorosos desejos: dar seu primeiro beijo e sob a chuva, ambos com o amor da sua vida. Se dissessem isso para ele antes, não teria acreditado. Talvez nem mesmo no momento pensasse ser verdade, pois ele se sentia como em um sonho. Mas era real. Tão vívido e magnífico como sempre imaginara. No duro, até mais. *Valeu a pena esperar*, eles dois pensaram.

Os dias que se seguiram foram inexplicáveis, tanto para Christopher quanto para Manoela. Apesar dos comentários pipocarem na escola, eles não ligaram para o que os outros diziam. Muito pelo contrário, andavam de mãos dadas e flertavam durante todo o intervalo. Na saída, ela sempre pedia a Bruno para deixá-lo em casa antes de irem para a dela. Ou, quando saíam mais cedo, por algum motivo que não vem ao caso, ele a levava até a porta de casa e lhe dava um beijo repleto de paixão. Em suma, as pessoas pareciam estar lidando bem com essa mudança, que nada tinha a ver com elas, mas que as afetavam nem que fosse indiretamente. Algumas até falavam com ele pelos corredores da instituição, mesmo que nunca tivessem se dado ao trabalho de olhar na cara dele antes, ou notar sua existência. Ela se distanciara das suas falsas amizades, mas ainda mantinha a cordialidade. Quem parecia mais incomodada com tudo isso, além de sua mãe, era Rachel, com sua inveja exacerbada e seus risinhos irritantes quando os dois passavam juntos.

Antes de entrar em campo, Adam pediu que chamassem Christopher, Manoela, Cleber e sua namorada, Sabrina, na arquibancada, para darem um pulo no vestiário. O pedido inusitado fez com que Cleber se lembrasse da armação que tentaram fazer para cima dele, mas não comentou nada sobre isso. Todos seguiram calmamente o rapaz que fora lhes buscar, conversando sobre o que deveriam comprar para comer e arriscando palpites de quanto seria o placar.

— Galera, hoje vamos jogar não somente por nós ou para dar uma lição naqueles babacas, mas por esse cara aqui, que merece uma vitória e toda a nossa dedicação. — A voz de Adam ecoava pelo espaço, que cheirava a talco e desodorante. — O primeiro gol vai ser em sua homenagem, Chris!

Todos gritaram energizados. Alguns colidiram seus corpos uns com os outros, propositalmente, no entanto, mais da metade se enfileirou para apertar a mão do homenageado, a fim de receberem os votos de boa sorte. Christopher estava tão emocionado que mal conseguia falar, apenas agir no automático, retribuindo o gesto de cada um dos jogadores do seu colégio. Muitos ele conhecia de vista, poucos eram da sua sala. Todos o reconheciam como igual a partir dali.

— Isso é incrível! — expressara sua admiração para Adam, quando a maior parte das pessoas já tinha saído. — Nem acredito que fez isso por mim, muito obrigado!

— Não foi nada, vai.

— Adam disse que você é maneiro, então foi mal pelas brigas passadas e aproveita o jogo — Igor disse, pouco antes de sair. — Vamos nos esforçar ao máximo! — exclamou ele ao longe.

— Boa sorte — desejaram Christopher, Cleber, Manoela e Sabrina em uníssono para Adam.

A primeira vez em que Christopher assistiu a um jogo de futebol foi quando tinha nove anos de idade. Seu pai o levara, junto com Cleber, para o final da Copa Mercosul. Na época, era um jogo decisivo para o time pelo qual eles torciam, assim como esse da escola, em que Adam e Igor entrariam em campo para lutar pela vitória. Na primeira partida, houve um empate; nessa, eles precisavam vencer.

Quando começou o jogo, logo no primeiro tempo, o time rival fez um gol. Pouco depois, mais um. Antes dos quarenta minutos, outro. Os torcedores do lado deles iam à loucura, já os da escola local estavam desesperançados. Muitos davam como certa a derrota. Porém, em nenhum momento Christopher se sentou e, logo no começo do segundo tempo, Luís, o meio-campo, fez um passe para Adam, que, como atacante, marcou o primeiro gol. A plateia os ovacionou e o espírito da equipe parece ter se reavivado. Igor não deixou mais nenhuma bola passar, defendendo todas como goleiro. Aos quinze minutos, mais ou menos, conseguiram fazer outro gol, dessa vez, um volante. Quase nos quarenta e cinco do segundo tempo, Adam driblou dois oponentes e chutou de lado, se entregando à sorte e, de certa forma, garantindo-se nas suas habilidades. Ponto para ele, que fez o terceiro gol, empatando com o outro time. Era surreal a virada que eles deram. O juiz sinalizou mais três minutos de jogo, totalizando quarenta e oito minutos da última partida. O pênalti era dado como inevitável, a chance que tinham para sair de lá com a vitória e a oportunidade de serem campeões no final do campeonato. Contudo, faltando poucos segundos para concluir o jogo, Adam, mais uma vez, recebe um passe e faz um golaço de cabeça. O estádio explodiu em palmas, a maioria das pessoas gritando e abraçando umas às outras. Eles tinham conseguido. Aquele foi um dos momentos mais felizes da vida de Christopher, que criara uma memória emocionante ao lado dos seus amigos. Aquela também foi sua última experiência com o futebol.

Assim que o jogo terminou, Adam se aproximou da arquibancada e levantou Christopher em seus ombros. O time inteiro se reuniu ao redor deles e comemoraram como um só. Sabrina registrava tudo com sua câmera fotográfica.

Algum tempo depois, Manoela avistou Rachel saindo de mansinho e resolveu rivalizar com ela. Não queria dizer muito, apenas que estava a par do tipo de pessoa, da cobra peçonhenta que ela era, e que não seriam mais amigas, se é que algum dia chegaram a ser. Porém, se não deixasse isso bem claro naquele momento, não conseguiria dormir em paz. Se segurara por quase uma semana desde que tivera a certeza do que fizeram pelas suas costas, após a confissão de Adam. Que tipo de amiga faz isso? A filha do prefeito se questionava: se ela foi capaz de dormir com o meu namorado na época, o que mais será que ela aprontou?

— Já sei de tudo. Adam me contou.

A acusada nem esboçou qualquer tipo de reação ou surpresa, apenas bocejou desinteressada e disse com desdém:

— Pelo visto, eu te devo desculpa...

— A única coisa que você me deve é o prazer da sua ausência.

Tais palavras foram o suficiente para o sangue subir a sua cabeça e fazer com que Rachel colocasse para fora toda a inveja que guardara por tanto tempo. Rachel não deixaria que Manoela fosse embora. Não sem antes dizer umas boas verdades para ela. As merecidas verdades que ninguém nunca lhe dissera.

— As pessoas não gostam de você, elas a suportam, nada mais do que isso. Mas você sabe por quê? Porque, nesta cidade, estar contigo facilita e muito as coisas. Podemos fazer o que quisermos e sairmos impunes com uma pequena bronca; entramos em qualquer lugar sem nem ao menos precisarmos de convite; nós somos a elite daqui, e não precisamos mais de você para nada. Seu reinado chegou ao fim, Vossa Majestade. Sua coroa não existe mais. Além disso, saiba que você *nunca* vai achar ninguém melhor do que eu para ser sua amiguinha. Nunca *ninguém* conseguirá lidar com as suas ridículas mudanças de humor, sua falsa bipolaridade...

Manoela chorava de raiva, por ter sido tão ingênua a ponto de acreditar que as pessoas poderiam ser amáveis umas com as outras. Naquele instante, aprendera uma das lições mais importantes da vida: o ser humano nem sempre é o que parece ser. Amizades verdadeiras são poucas. Não havia mais nada a ser dito por nenhuma das duas, mas, mesmo assim, quando ela se virou para ir embora, Rachel berrou com as mãos em forma de concha ao redor da boca, para que o som das suas palavras se propagasse com mais intensidade:

— Isso mesmo, vai lá chorar nos braços do seu namoradinho *emo*.

Capítulo 14

Miranda não aprovava o namoro dos dois, isso é fato. Todavia, por mais mórbido que fosse o pensamento, o que a confortava era que o relacionamento deles vinha aliado a um prazo de validade. Não que desejasse a morte do filho de Marta, longe disso, mas era seu modo deturpado de enxergar as coisas de maneira simplista, preto no branco, e dividi-las em sua mente fechada e egoísta, às vezes, mesquinha. Jamais compartilharia sua opinião com quem quer que fosse, mas quem a conheceu sabe que isso não é mentira.

Por outro lado, Rute estava nas nuvens com a notícia — parecia até que ela era a namorada de Christopher. Sua euforia se dava única e exclusivamente ao fato de sua menina estar feliz, como não a via desde pequena. A flor que Manoela crescera para ser finalmente estava desabrochando; o rapaz Toledo conseguira desfazer cada uma das suas barreiras, disso não havia dúvidas. A velha acertara em cheio ao dizer que o jeito da sua criança era de quem amava.

— Tem que me pagar — a senhora brincara certa noite, enquanto preparava um lanche para Manoela comer antes de se deitar, faminta que só.

— Pelo sanduíche?

— Não, sua boba, por ter sido a única a dizer que você estava caidinha pelo rapaz, o Chris. Minha intuição nunca falha.

— Hum... — A garota se levantou da cadeira e correu para abraçar Rute por trás.

— O que é isso, Manuzinha? Pare já! Não sou jovem como antigamente, não te aguento mais na minha corcunda.

— Aceita o pagamento em beijos e abraços e... cosquinhas? — A cada palavra ela aplicava, na prática, o seu significado.

— Não te dei manga com febre pra comer! Se fizer cosquinhas eu vou lhe dar uma coça com espada-de-são-jorge que você nunca mais vai esquecer.

— Ah, é? Mas eu sou doida, não sabia? Sou doidona, Rutinha!

As duas ficaram brincando e se divertindo como faziam quando Manoela era pequena. Voou alface por toda a bancada. Ambas se molharam com a água da torneira, aberta no movimento delas ao se afastarem para rir. Ainda por cima, quando pensara ter ganho, a filha do prefeito levou umas boas palmadas, de leve, da sua eterna babá, para aprender a não fazer uma senhora se contorcer toda ao se esquivar de um ataque de cócegas. Rute sabia perfeitamente como fazer uma saída triunfal. O que faltava de fôlego na mais jovem, sobrava em inspiração na mais velha.

Há poucos quilômetros de distância estava Chris, se despedindo de uma boa amiga. Virgínia, a dona da *Sinos, Livros e Perfumes*, loja em que ele trabalhara por alguns dias, o tinha dispensado depois de saber a respeito da sua doença. Não que não quisesse sua companhia, pois queria muito, era bom ter um frescor novo num estabelecimento antigo como aquele, e ele era um raio de sol em sua vida. Porém, não queria que ele se esforçasse desnecessariamente, ela poderia lidar com as tarefas como sempre fizera. Pediu que ele fosse visitá-la constantemente, pois sempre teria um tempo para tomar café com biscoitos desfrutando a sua companhia.

— Mas agora é hora de você se cuidar. — Seus olhos ficaram marejados, brilhando mais do que o normal. — Se tem uma coisa que eu aprendi é que a vida é curta e a morte é eterna, então trate de viver todo dia como se fosse o seu último, independentemente de qualquer coisa. Só quero que você seja feliz e aproveite o máximo que puder. — Ela segurou-o pelo rosto, dando a impressão de que, se ele fosse um bebê, apertaria suas bochechas.

— A senhora é encantadora, única mesmo. Muito obrigado pela oportunidade de trabalhar aqui e por ser tão boa comigo.

— Ah, meu filho, não fale como se fosse uma despedida. Venha cá, me dê um abraço!

Infelizmente, fora uma despedida. Se viram apenas mais uma vez antes de Christopher falecer, na sua exposição de quadros, no evento beneficente ao qual metade da cidade compareceu para prestigiá-lo, mas não chegaram a trocar mais do que meia dúzia de palavras desinteressantes, pois ele tentou dar atenção para o máximo de pessoas possível.

Quando estava prestes a ir embora, a dona ofereceu a ele qualquer objeto que ele escolhesse, dizendo que podia levar como uma lembrança. Christopher não tivera olho grande para escolher o mais caro, muito menos foi ganancioso, preferindo o maior, ele se dirigiu diretamente para uma prateleira que ficava bem escondida, perto do balcão, e optara por algo que sabia lhe ser útil num futuro próximo.

— Tem certeza de que quer só isso?

— Não é pela quantidade ou pelo tamanho, mas pelo significado. E isso — ele fitara os olhos dela cheio de emoção —, essa sua receptividade, não tem preço. Mais uma vez, eu só tenho a agradecer, dona Virgínia.

— Não há de quê.

Christopher saíra de lá refletindo sobre as palavras de Virgínia. Adorara aquele conselho dela. *Todo dia é nosso último dia*; repetira mentalmente, crendo que essa era a sua filosofia.

Ana Clara se empolgara com a ideia de seu filho sobre o evento, afinal, ele nunca dera a devida importância à filantropia, e esse podia ser o começo do seu amadurecimento e de sua dedicação aos negócios da família. Porém, ela se sentira muito mais dedicada à causa quando vira um dos quadros de Christopher, maravilhada com sua sutileza nos traços e pegadas mais fortes, se necessário. Na mesma hora, quis a tela abstrata que Adam dissera ser do seu gosto. Pagou à vista, por mais que o pintor alegasse não ser preciso, que era um presente, mas ela não aceitou. Seu filho havia contado para ela tudo pelo que os Toledo estavam passando e ela se solidarizou imediatamente. Também se identificara muito com Marta; não a conhecia, pois estudara durante anos em São Paulo, logo, não tiveram contato na infância, como era o caso entre a mãe dos rapazes e a mãe de Manoela. Tomaram chá juntas e conversaram por horas a fio, como se fossem amigas de longa data. Apesar de ser extremamente rica, Ana Clara não colocava status ou conta bancária acima de relações, o oposto de Miranda.

Aproveitando o ensejo, Adam levara seu videogame para Christopher se distrair e eles jogarem quando não tivessem o que fazer, só que o último era muito ruim, sempre perdia de várias goleadas no FIFA. No entanto, depois que gravara a utilidade de cada botão, passou a empatar ou perder menos vezes. Naquela época, os dois tinham se tornado bons amigos. Às vezes, até mesmo Igor participava dessas reuniões de camaradas. Ademais, ele e Adam conversaram francamente sobre a amizade de anos dos dois e acerca de um fator em comum entre eles: Rachel.

O Olivares confessou que dormira com ela quando estava namorando com Manoela, mas que ocorreu antes do relacionamento dela com Igor. Portanto, não traiu a confiança do parceiro, mas escondera isso e ainda dera força para eles saírem e, posteriormente, namorarem. O goleiro ficara pensativo por dois dias, no mínimo, e tomou a decisão mais sábia em toda a sua vida: terminar tudo com Rachel. A reação dela, como era de se esperar, não foi nada pacífica; seu descontrole beirava a loucura, mas, logo depois, se recompôs e tentou manter a civilidade, a fim de reatar os laços afetivos com aquele que sustentava suas extravagâncias. A fonte secara.

Com isso, ela só tinha uma última cartada, um trunfo guardado na manga com cuidado redobrado. Caso fosse preciso, revelaria seu segredo sem dó nem piedade. O problema? Envolvia mais de uma pessoa e recairia em muitas outras. Porém, ela estava decidida a seguir em frente com a ideia.

Simultaneamente, Osvaldo decidira o que fazer com relação às falcatruas de André. Tudo parecia se interligar como uma espécie de conspiração cósmica, ou como quiser chamar. O prefeito estava a caminho da casa do seu vice quando, de repente, notou uma cena estranha, viu a amiga da sua filha, a loirinha, chegar e ser atendida à porta com a maior intimidade pelo seu companheiro. Isso significava que André e Rachel tinham um caso, ou seja, ela era sua amante e ele estava pulando a cerca, traindo a sua fiel esposa, Ana Clara.

— Hipócrita! — Osvaldo balbuciara consigo mesmo.

O que faria agora? Não sabia como proceder, qual o certo e o errado numa situação dessas. André desviara dinheiro público em benefício próprio, fora desleal com a confiança que lhe depositara, faltara com o respeito com sua própria família e, principalmente, com o seu matrimônio. Não havia dúvidas de que não poderia deixá-lo sair impune de tanta sujeira. Lutava contra sua própria consciência para não ter de denunciá-lo às autoridades, só faria isso em última instância. Tentaria ao máximo chegar a um consenso com ele, auxiliando-o a ver o caminho tortuoso que trilhara e que ainda dava tempo de voltar atrás.

Porém, no momento em que pôs os pés para fora do seu carro, avistara a picape de Adam entrando no terreno do casarão e, ao lado dele, Ana Clara no banco do carona. Mesmo se quisesse, não daria tempo de avisar ao seu companheiro. Quer dizer, nem sabia mais se conseguiria chamá-lo assim novamente. Por mais que quisesse vê-lo se ferrar, Osvaldo não era do tipo de pessoa que abandonava aqueles de que gostava. Saiu do carro e acelerou o passo, chamando a atenção dos recém-chegados com o intuito de que André fosse inteligente o suficiente para captar o sinal.

Aos beijos com sua amante, André escutara um barulho distante, fraco e quase imperceptível, mas existente. Tirou Rachel de cima dele com mais brutalidade do que percebera, como se jogasse um cobertor para o lado da cama, na intenção de se livrar das suas garras. Ela soltou um gemido de dor e resmungou pela falta de delicadeza.

— Fica quieta. — Ele se sentou na beira da cama, abotoando a camisa.

— Que foi?

— Tem alguém lá fora.

— Claro que não.

— Você não deveria ter vindo na minha casa! — André levantou-se e se esgueirou até a janela. — Eu disse que quando quisesse vê-la eu ligaria, o que você está tramando?

— Nada, eu juro! — Rachel ficou em modo defensivo, com as mãos para o alto como se estivesse se rendendo. — Só queria sua companhia depois que o tapado do Igor me deu um fora. — Fez biquinho e engatinhou no colchão até chegar perto dele para acariciar sua coxa. — Não queria ficar sozinha. — Fazia movimentos circulares com os dedos, excitando-o. — Eu senti sua falta.

— Essa voz é do meu filho. Se ele está aqui significa que minha esposa também está. — Rapidamente, ele se virou e a empurrou, recolhendo suas roupas do chão. — Levanta. Rápido! Você tem que se vestir e ir embora agora mesmo. — Atirou as peças em cima dela. — Se ela pega você aqui, na nossa cama, nunca vai me perdoar.

— E o que é que tem? — Ela segurou a calça jeans e a blusa de manga comprida antes que atingissem os seus seios. — Não seria melhor se ela descobrisse logo? Você nem gosta dela.

— Garota estúpida! Será que não percebe? Eu tenho muito a perder se nos divorciarmos. Se eu cair, a quem você vai recorrer? Pense nisso.

— Droga! Tem razão. — A loira ambiciosa vestiu-se apressadamente e roubou um beijo do seu amado. — Eu vou. Mas eu volto se você não me ligar amanhã mesmo.

— Sai pelos fundos, eu vou recebê-los, para retardá-los, e você aproveita a distração para se mandar daqui.

— Grosso.

Rachel empinou a bunda e saiu rebolando, a fim de mostrar tudo o que André estava perdendo ao não ficar com ela. No entanto, seu plano havia sido bem-sucedido. Agora, mais do que nunca, ele não poderia deixá-la, pois se o fizesse era só ela abrir a boca e contar tudo sobre o caso dos dois para a esposa dele. O vice-prefeito comia em sua mão. Mal sabia ela, porém, que por pouco tempo.

Em questão de segundos, ele se livrou do estorvo que era ter Rachel, que até pouco tempo era menor de idade, a seu encalço e desamassara a camisa com as próprias mãos, ajeitando a gola antes de chegar ao hall de entrada. Ana Clara destrancou a porta e a abriu, entrando com uma tela enorme nos braços e passando direto por ele, para depositá-la na parede, perto da lareira, até que alguém a pendurasse no dia seguinte. Tal fora a sua surpresa ao ver Osvaldo acompanhado de sua esposa e filho, que André não pôde deixar de comentar.

— Aconteceu alguma coisa? Por que vocês três estão juntos, e a essa hora da noite?

— Coincidência, amor. — Ela dera um beijo rápido nele, transitando pelos cômodos à procura de um pano para cobrir sua mais nova adesão, o quadro que comprara de Christopher.

— Preciso trocar uma palavrinha com você — Osvaldo pedira com uma convicção que denotava ordem.

— Tem que ser agora?

— Não dá para esperar.

— Bom, eu vou tomar minha ducha e deixar vocês, homens de negócio, conversarem a sós. Fique à vontade, Osvaldo!

— Pode deixar, muito obrigado.

Suas palavras saíam secas. Ali, diante daquele que tivera como amigo durante anos, só queria esmurrá-lo para que deixasse de agir como um adolescente mimado e passasse a ser o homem responsável e crescido que todos idealizavam. Ambos fitaram Adam, um indício de que ele estava sobrando naquele momento.

— Eu vou para o meu quarto ver televisão, vocês coroas podem se digladiar — desdenhou ao ver o clima tenso entre os dois, pesando o ambiente em que se encontravam.

— Sou todo ouvidos.

— Acho melhor ter essa conversa no seu escritório.

— Por quê? O que você não está me contando, Osvaldo?

— A pergunta é: o que *você* não está me contando? — ele retorquiu, enfatizando o pronome.

— Não estou te entendendo.

— Ah, mas você já vai entender, não se preocupe.

O Olivares guiou o Goulart até seu gabinete, curioso quanto às colocações do visitante, que mais soavam como uma ameaça.

— Sente-se — pediu, educadamente.

— Prefiro ficar de pé.

— Estou começando a ficar incomodado com sua atitude. — Seguindo sua própria indicação, André se sentou. — Dá para dizer de uma vez por todas o que está acontecendo?

— Eu sei dos roubos no caixa da prefeitura. Assim como sei também do seu caso com aquela garota. Pelo amor de Deus, André, ela tem idade para ser sua filha!

Imediatamente, o vice-prefeito se pôs de pé, em um pulo, assustado como um gato perto de uma poça de água. A casa caiu para ele. Engolindo em seco, tentou disfarçar sua reação e inverter a história, mas Osvaldo estava farto da cara de pau dele.

Segundo ele, a honestidade pode ser difícil, mas em todo caso é a melhor das alternativas. Antes uma verdade que doa do que uma mentirinha, pois pode se tornar um ciclo vicioso e, logo, de uma bola de neve se transformar numa avalanche, machucando a todos pelo caminho.

— Osvaldo, eu posso explicar.

— Não há o que explicar, está tudo aqui! — Ele tirou vários documentos da pasta que carregava consigo e os lançou em cima da mesa com desgosto, bagunçando tudo e fazendo alguns caírem no chão.

— Vamos resolver isso civilizadamente, por favor. Não chame a polícia. — Engoliu em seco, acuado em sua própria armadilha. — Nem conte para a minha esposa o que você viu.

— Não sou eu quem tem que falar, mas você. Seja homem pelo menos uma vez nessa sua vidinha medíocre.

— O que você pretende fazer, então?

— Eu exijo que você devolva tudo que roubou, peça exoneração do seu cargo e não se candidate mais à política. Se você vai contar ou não sobre seu caso com aquela menina para Ana Clara isso é um problema pessoal de vocês, não vou me meter. Mas não poderei encará-lo como um amigo depois de tudo isso. A escolha é sua, é pegar ou largar.

— Eu aceito.

— Quero uma procuração por escrito de que você vai cumprir com o nosso acordo. Palavras os ventos levam, e eu não confio em você o suficiente para que cumpra com o combinado ao pé da letra.

— Amanhã tudo estará resolvido. Eu prometo.

— Agora vê se escova seus dentes e lava bem essa boca antes de beijar sua esposa de novo depois de se espremer todo com a indecente.

Por incrível que pareça, André não voltou atrás com sua palavra nem tentou passar a perna em Osvaldo, realmente cumprira com os termos exigidos pelo ex-amigo. Optou por não contar nada para Ana Clara e manter as coisas exatamente do jeito como sempre foram, até mesmo com a amante a tiracolo. Porém, o que ele não sabia é que a conversa não havia sido a dois. Adam escutara tudo. Para ele, daquele dia em diante, seu pai passou a ser a pessoa mais covarde do mundo. Alguns dias mais tarde, quando fosse buscar os quadros na casa de Christopher para arrumá-los na exposição, ele viria a conversar com o amigo em busca de conselho, só precisava de coragem para agir.

Ana Clara pensou em várias maneiras de organizar o evento que apresentaria os quadros de Christopher para a comunidade de Araruama e, ao mesmo tempo, ajudaria pessoas necessitadas por se tratar de beneficência, e também pensou em vários lugares diferentes para a festa. Escolheu e descartou sua casa e as dependências da propriedade pela distância, cogitou pedir emprestado o espaço da residência de Miranda, mas, sabendo que ela não era muito fã do relacionamento da sua filha com o filho de Marta, desistiu da ideia. Adam sugerira o auditório do colégio, pois poderiam pegá-lo emprestado para recepções que beneficiassem os alunos, entretanto, era abafado demais para a época do ano em que estavam. Por fim, quem dera a opção mais viável e inovadora fora Igor; ele oferecera o salão de festas do MarBella. Todos ficaram encantados e surpresos com a iniciativa, mas receosos se o seu pai concordaria ou não. Ao se informar quanto aos motivos da exposição, com fins filantrópicos, William se comoveu e permitiu que fosse feita em seu hotel. Não precisava da permissão dos outros associados contanto que houvesse retorno para o estabelecimento, e isso não faltaria, em forma de consumo, com os casais ricos e beberrões que costumam frequentar esse tipo de festa.

A ornamentação do lugar foi feita sem muitos adornos, o mais simples possível, a fim de destacar os quadros e os sentimentos que eles passavam, e não exaltar a beleza do hotel. As pinturas foram colocadas no espaço de maneira a não sobrecarregar os olhos de quem as visse, com uma distância considerável de uma para a outra, luzes e sombras para dar um ar mais realista e transmitir uma sensação de calor ou claustrofobia, dependendo da imagem, espelhos para fazer um jogo de óptica com quem as admirasse e uma série de obras menores, dispostas como álbuns de fotografia, presas por fios que pendiam do teto.

O DJ contratado era um dos mais famosos da época na região. Fora convidado pelo próprio William, pois devia um favor a ele — quando começara sua carreira tocava no MarBella aos fins de semana, o que lhe forneceu contatos e um público. A equipe do bufê consistia basicamente em garçons que iam de um lado para o outro servindo petiscos e oferecendo drinks pagos no bar para aqueles que não queriam ficar presos a um único lugar. Os ditos nobres e a burguesia se misturaram num evento aberto ao público, sem muitas frescuras e com acesso liberado para quem quer que pudesse contribuir com uma pequena taxa para a fundação de jovens com câncer, escolhida a dedo por Ana Clara.

Manoela presenteara Christopher com um traje esporte fino, a fim de que ele estivesse usando uma roupa escolhida por ela no seu evento tão esperado — essa foi a maneira que encontrou de se sentir ainda mais ligada a ele. Optara por comprar uma calça brim preta, uma camisa azul-clara, sem listras, e um blazer cinza, para ele usar aberto, por cima, de modelagem reta, gola italiana, mangas longas e fechamento em botões. Para finalizar o visual com um toque particular, Converse All Star na cor preta. Para si mesma, comprou um vestido azul-marinho de renda, com mangas próximas ao cotovelo, mais ou menos, e com comprimento até um pouco acima dos joelhos. Pegou uma de suas bolsas pequenas, de festa, na cor bege, e calçou um sapato de salto alto, combinando.

Miranda compareceu acompanhada de Osvaldo e sua filha, a namorada do pintor que dava vida às obras expostas. Quando lhe pediram para tirar uma foto das duas famílias juntas, ela aceitou a contragosto, mas não pôde deixar transparecer a sua insatisfação; Manoela se divertia com isso. Marta se sentira tão orgulhosa do seu filho que não tinha palavras para explicar o quanto estava feliz, inclusive, chegou a chorar de emoção. Um choro diferente dos últimos, repleto de luz. Cleber trocara de plantão e pôde estar presente não como servente, mas como convidado do evento. Ao lado de Sabrina, permitiu-se o contentamento excessivo sem vergonha. Também percebera uma curiosidade: o quanto seu irmão provara ser capaz de se virar com sua bondade e inocência e crescera nos últimos meses; Christopher se tornara um homem. Adam também saiu numa das fotos com o homenageado, sorrindo de alguma piada, e abraçados como dois bons amigos. Esse último não parava de agradecer ao outro pela ideia de organizar tudo isso e por tornar seu sonho realidade. Aquela com certeza era uma amizade verdadeira e sincera, construída com o tempo e solidificada por atos e vontade própria. Muito havia mudado, de fato. Era inquestionável o quanto tudo estava diferente desde o dia em que o jogador batera no Toledo mais jovem, ele fugira e a filha do prefeito fora atrás dele se explicar.

Após ser guiado por Ana Clara e apresentado para cada grupo ou casal que parecessem compradores em potencial, ou mesmo pessoas de seu convívio, Christopher sentara um pouco para descansar, exaurido de tanto se esforçar para fazer com que tudo desse certo e de socializar com tanta gente desconhecida. Avistou Manoela do outro lado do salão, movimentando-se de acordo com o ritmo da música, longe dos seus pais e de todos que conhecia, avaliando o espaço como um guarda-costas ou segurança; na verdade, ela pensava que aquilo tudo era para ele, mas que seria a primeira e única exposição de muitas que não viriam. O sentimento era um misto de melancolia com ternura e tinha um quê de nostalgia. Ele se levantou e caminhou até onde ela estava. Sem jeito de perguntar o que queria, colocou a mão atrás da cabeça, passando-a pelos fios do cabelo, e soltou a primeira frase, bem-intencionada, mas com o uso mal adequado das palavras.

— Como eu não estarei aqui para o baile de formatura, queria saber se você aceita ser minha acompanhante e adiantar a nossa dança.

— Christopher... — A sua voz saiu atordoada, surpresa com o convite e magoada com a verdade dos dizeres.

— Não precisa, se não quiser. — Ele entendera errado.

— É claro que eu quero, é só que... — Ela balançou a cabeça em negativa, afugentando a ideia. — Não diga mais isso, que não estará aqui. Não quero pensar nessa possibilidade.

Ele pensou por um instante, cogitou se calar diante do seu pedido, mas preferiu ser honesto, não queria que ela nutrisse falsas esperanças.

— Manoela, não é apenas uma possibilidade, é um fato. — Vendo sua reação, com os olhos marejados, ele tratou de mudar de assunto de uma vez por todas. — Mas não vamos falar disso agora. Tudo bem para você?

— Podemos só viver o momento sem nos preocuparmos com o depois?

— Fechado. — Ele levantou a mão para que ela batesse nela, como uma criança feliz. — Sobre aquela dança... — Voltou a mexer no cabelo com aquela mania intrínseca dele.

— Acho que posso te conceder essa honra.

Christopher deixou de lado a sua timidez e a puxou para o centro do salão, rodeado por pessoas que o estavam conhecendo e reconhecendo o seu trabalho, um dos seus sonhos mais árduos e que conseguira realizar ainda em vida. Ao som de "End of the Road", música da banda Boyz II Men, ele e Manoela tiveram a sua primeira e última dança, lenta e inesquecível.

Capítulo 15

Os dias seguintes passaram-se num piscar de olhos. No decorrer deles, Christopher se sentia cada vez mais cansado. Não conseguia mais se mover a longas distâncias ou com rapidez, mas ainda não precisava de ajuda para andar, de muletas ou de uma cadeira de rodas. Podia continuar pintando, com tintas sem odor, desde que não ficasse muito tempo de pé. Com o dinheiro que receberam da venda dos quadros, sua mãe pôde largar as aulas particulares que dava para se dedicar inteiramente ao seu filho. As outras crianças ficariam bem, tinham seus pais e a escola para suprir ou repor o que não entendessem. Já ela, só tinha um filho mais novo, e, infelizmente, por um curto período de tempo. Por mais que Christopher insistisse, Cleber não quis largar o emprego no hotel, apenas deixou de fazer extras para poder se dedicar mais a si mesmo, a sua noiva e curtir o que desse com seu irmãozinho.

Alguns dias ele faltava ao colégio, em outros, ia sem problema algum. Pelo menos, o senhor Washington e os professores compreendiam a situação e não o reprovariam por faltas, pois sabiam que um dos seus desejos era se formar, independentemente de como — ou se estaria vivo para ver isso acontecer e receber o seu diploma. Numa dessas ocasiões em que não pôde comparecer à aula, ele fora levado ao hospital por Marta por causa de uma vertigem. Manoela, preocupada, pediu que o seu motorista a levasse para lá imediatamente, assim que foi informada da notícia, na hora do intervalo. Adam estava num treino de futebol, por isso não estava a par do que aconteceu, e, por mais que ela soubesse que eles haviam se tornado amigos, ainda não se sentia à vontade para compartilhar certas coisas, ou momentos, com ele, envolvendo o outro. Quer dizer, era estranho e um pouco sádico pedir para alguém que gosta de você acompanhá-la para ver alguém de quem você gosta, por mais que essas pessoas se dessem bem. De qualquer modo, ao chegar na enfermaria, ela conseguiu se esgueirar, escondida, e conversar com ele baixinho, para que ninguém descobrisse que ela estava burlando as regras do estabelecimento destinado ao tratamento de doenças.

— Como se sente?

— O que você está fazendo aqui? Só é permitido um acompanhante, você não podia entrar.

— Eu vim te ver, bobinho. Sua mãe está lá fora vigiando para que eu não seja pega. — Ela soltou uma risada gostosa de se ouvir, deu um beijo nele e repetiu a pergunta, perscrutando suas feições em busca de algum indício de enfermidade preocupante. — Como se sente? O que houve?

— Nada demais. Eu acordei com um pouco de dor de cabeça e cambaleante, minha mãe ficou aflita e queria porque queria me trazer para cá, mas eu disse que não era preciso. — Manu o repreendeu pela falta de cuidado e zelo com sua saúde, mas ele simplesmente continuou despejando informações sobre sua história, alheio à sua bronca. — Quando eu estava tomando café da manhã, a tontura piorou, eu senti meu corpo desestabilizar e quase caí. Quer dizer, acho que cairia se minha mãe não fosse mais rápida e me acudisse prontamente. Aí não teve jeito, me trouxe mesmo eu não querendo. Agora eu estou no soro — ele concluiu, e apontou para o saquinho de plástico duro e os tubos finos que iam direto para a agulha intravenosa. — O médico me deu um remédio para dor e disse que estou com fraqueza, então me deixou sentado aqui por quase uma hora até que eu me alimentasse melhor, mas parece que esse líquido não acaba nunca! Ah, a enfermeira veio verificar minha pressão ainda há pouco, ela disse que está normal e que, se continuar assim, antes do almoço eu vou para casa.

— Sério, Christopher, para de pirraça e fica direitinho, para sair logo e ficar bem. — Ela passou a mão pelo cabelo dele, carinhosamente, bagunçando-o mais que o normal, o que o fez corar. — Tenho uma surpresa para você.

— O que é? Doce? Quero muito comer um chocolate.

— Não, não é doce. Posso te dar isso depois, mas não acho uma boa você comer qualquer coisa agora. Enfim, o professor deu as notas e o nosso trabalho dos quadrinhos tirou... Que rufem os tambores... Dez! — ela comemorou, um pouco mais alto do que deveria.

— Que legal! Formamos uma ótima dupla.

— Realmente, somos a melhor de todas... — Eles estavam tão próximos um do outro que dava para sentir a respiração ritmada e ouvir o bater dos corações, um mais acelerado que o outro. — Eu te amo. — Dessa vez, a iniciativa partiu dele, que a beijou doce e delicadamente, completando-se.

— Filho, Manu, a enfermeira está voltando, acho que vão te dar alta — Marta anunciara ao retornar para o cômodo em que eles estavam.

— Essa é a minha deixa. Até mais tarde!

Naquele mesmo dia, na parte da noite, Manoela fora jantar na casa dos Toledo e conversara com Christopher sobre muitos assuntos, dentre eles seu sonho de ser professora, estudar fora do país e ser livre. Ele falou sobre o casamento simbólico de Cleber, e da sua lista; inclusive a mostrou para ela, que sorriu enrubescida ao ler seu nome e perceber que fora o motivo de vários novos riscos nela. Além disso, compartilhou histórias da sua infância e fotos constrangedoras de quando era bebê. Riram bastante e aproveitaram ao máximo a companhia um do outro, com uma leveza difícil de se ver. Aqueles dois eram incríveis juntos. Mais adiante, na hora de ir embora, quando estava na porta, para ser mais exato, Manoela se ofereceu para realizar a cerimônia de Cleber como uma surpresa para ele e Sabrina, mesmo que Christopher não pudesse ajudar tanto com a sua debilitação — ela o faria de bom grado, e ele concordara com isso, beijando-a como forma de despedida.

Tudo correra tão depressa que dispensa narrações.

Não dava tanto trabalho organizar um luau se soubesse com quem falar, mas era um tanto quanto complicado fazer de um luau um casamento, ainda mais quando os noivos não faziam ideia de que realmente selariam sua união, não apenas simbolicamente. Já liberada do seu castigo, Manoela pôde pôr as mãos na massa, como dizem, e puxar para si toda a responsabilidade, sendo mais uma vez a anfitriã que estava acostumada a ser. Teve de distribuir algumas tarefas e explicar de forma detalhada para Adam, Igor e Marta do que precisaria. Rute e Bruno estavam à sua disposição, assim como os pais de Sabrina, que não pouparam esforços para fazer daquele dia o dia mais feliz da vida de sua filha. Até mesmo Miranda se empolgou um pouco e conseguiu uma reserva em um espaço da praia que era fechado e utilizado como propriedade de um condomínio. Ana Clara ajudou-a a conseguir a decoração e ficou encantada ao ver a destreza e maturidade da filha do prefeito ao lidar com a tarefa.

Manoela queria que Christopher estivesse ao seu lado, colaborando com ideias e com sua presença, dando-lhe estímulos para continuar, mas sabia que ele precisava se recuperar ao máximo se quisesse estar bem na noite, provavelmente fria, do sagrado matrimônio. A verdade é que ela estava profundamente apaixonada e fazia isso se imaginando no lugar da noiva, pensando em como seria se seu amado não estivesse doente e, no caso, se um dia se casariam... Claro que era importante para ela, mas era um pouco egoísta, também. Pois, por mais que os dias dele fossem contados, tudo o que aprendera e a intensidade dos seus sentimentos por ele eram suficientes para valer por uma vida inteira, para recordar-se eternamente. Não ter muito tempo juntos não significava que o pouco que tinham não valia a pena. Muito pelo contrário, foram os melhores meses desde sempre. Com ele aprendeu o verdadeiro valor do perdão, a importância da gentileza com o próximo, de estender a mão para aqueles que precisam, a ver com otimismo até mesmo o lado ruim, a ter coragem na adversidade ou na dor e a se entregar sem medo de se machucar.

Capciosa que só, Manoela tivera a ideia de vendar os noivos e levá-los, já arrumados, para a praia, com a desculpa de que era um jantar surpresa e que eles não poderiam se ver até lá. Sabia que Cleber desejava ter o irmão consigo e que pretendia fazer um casamento, a seu ver, de brincadeira em pouco tempo, portanto, não houve muito tempo para ela fazer os preparativos, mas conseguiu deixar o lugar o mais belo possível, com a presença do máximo de pessoas que os conhecia e que queria seu bem e, o mais importante, numa cerimônia especialíssima. Por que a roupa sempre era o que mais pesava? Não era uma daquelas garotas que se preocupava frequentemente com a aparência, mas as últimas ocasiões requeriam peças bonitas, isso é inegável.

Logo, com a ajuda de Marta e dos pais de Sabrina, ela comprou um vestido num branco mais fechado, lindo, para a noiva, todo bordado, de renda pura, com tule branco saindo de uma fenda da saia, ajustado até o quadril e com calda removível de dois metros; nos pés, sandálias na cor gelo. Além disso, para Cleber, uma roupa parecida com as que Adam adorava usar, só que, em vez de bermuda, calça jeans branca e bata masculina na mesma cor, com as mangas dobradas na altura dos cotovelos e não muito aberta no peito, deixando o visual com um ar mais despojado, sem parecer desleixado ou imaturo; nos pés, chinelos Havaianas. Na arrumação do espaço, ela investiu bastante em pequenas fogueiras, iluminação natural, lamparinas artesanais e flores campestres. Comidas que eram servidas e facilmente degustadas com as mãos, frutos do mar, *cupcakes* e bebidas o suficiente para alcoolizar mais da metade dos convidados. Os amigos mais próximos deixaram recados escritos em pedras brancas para os noivos lerem posteriormente.

Ainda hoje, Cleber se lembra de tudo com tal intensidade que a cena parece se desenrolar diante dos seus olhos, como um filme antigo a que gosta de assistir sempre que pode. A primeira lembrança que vinha a sua mente era a presença do seu irmão ao seu lado, apoiando-o naquele momento importante e único da sua vida. A segunda era do reflexo da lua nas ondas do mar e de ver essa luz brilhando nos olhos de Sabrina enquanto seus lábios se moviam lentamente, deixando-o ansioso e com as mãos suadas, para ouvir uma resposta afirmativa à sua pergunta final: "Sim".

O resto está um pouco borrado, como todas as comemorações são em certo nível. Foram muitos vivas e uma saraivada de palmas, mãos que lançavam arroz nos recém-casados, rolhas de champanhe cortando o ar com um silvo, espumando mãos e pingando na areia, fotos para registrar o momento único... Uma algazarra só! Mas uma algazarra boa, daquelas que se quer repetir sempre que possível. A maior lição que aquelas pessoas aprenderam foi que cada instante que você está vivendo acaba virando uma lembrança e, portanto, uma história épica inigualável.

Nas semanas após o casamento, a saúde de Christopher piorou consideravelmente. Suas deslocações para o hospital se tornaram cada vez mais frequentes. Numa delas, ele fizera Adam prometer que impediria Manoela de vê-lo naquele estado deplorável, com o cabelo ralo, devido à química dos remédios, e rodeado de aparelhos e tubos que o ajudavam a ficar vivo. Porém, era uma promessa que o jogador sabia que não poderia cumprir. Na derradeira vez em que o pintor fora internado (teve de ser socorrido numa cadeira de rodas), seu amigo sentira-se impelido a ligar para ela, por respeito a sua amizade com ele e por saber que não se perdoaria se deixasse Christopher não ter a oportunidade de se despedir do seu grande amor por achar que ela não aguentaria a pressão ou por não querer que ela tivesse essa despedida como última imagem dele em sua mente.

— Eu sei que ele não iria querer que você viesse a um lugar como esse, ou melhor, que o visse nesse estado terminal, mas eu sei que, se você não se despedir dele, nenhum de nós nunca se perdoará.

A voz de Manoela subiu uma oitava, desesperada por achar que não conseguiria vê-lo antes que fosse tarde demais, tentando bolar um meio de ser rápida o suficiente.

— Como eu vou fazer para chegar lá a tempo? Bruno está de folga e o papai está naquela viagem de negócios.

— Se eu sair daqui e for te buscar, posso não demorar o dobro do tempo que você levaria vindo para cá, mas de qualquer forma será mais, mesmo se eu avançasse todos os sinais.

Ouvindo, silenciosamente, a conversa da filha na extensão do telefone, Miranda devolveu o aparelho à sua base, pegou sua bolsa e surgiu na frente de Manoela. Sentiu-se no dever de exercer o seu papel de mãe e, ao menos uma vez em sua vida, dar sem receber nada em troca.

— Pegue um casaco — disse, solenemente. — Eu dirijo.

— O quê? A senhora nem tem carteira.

— Quem disse? Anda logo e para de discutir comigo, estamos perdendo tempo, Manoela. Christopher pode não resistir por muito tempo.

Um milésimo de segundo foi o que bastou para ela concordar com a mãe e perceber que não eram inimigas, que, por mais desavenças que elas tivessem entre si, por mais que discordassem e quisessem caminhos divergentes, elas estariam para sempre ligadas e queriam o bem uma da outra. Ambas se olharam concomitantemente, em concordância, levantando uma imaginária bandeira branca de trégua e deixando todas as diferenças de lado por uma causa nobre. Tanto fora dito naquele breve momento e ainda assim havia muito mais a ser expressado, mesmo que não precisasse.

— Sim, a senhora está certa. — Manoela assentiu, e moveu os lábios num "obrigada" e voltou à ligação mais do que depressa. — Já estou indo. Haja o que houver, faça esse bobão me esperar.

Ao desligar, ela enxugou as lágrimas, pegou o primeiro agasalho que viu pela frente e saiu correndo com sua mãe até a garagem. Miranda sentou-se no banco do motorista, ligou o carro e o manobrou com destreza, saindo rapidamente de lá enquanto Manoela apertava os botões no controle de mão para abrir e fechar os portões. No percurso, não trocaram nem uma palavra sequer, mas aquele silêncio era diferente dos que sempre as permeavam. Não era de desafio, raiva ou constrangedor, apenas existia. Não era bom nem ruim, mas necessário. A situação era delicada por si só, falar faria apenas com que Manoela chorasse, e ela não queria estar um caco quando visse Christopher, não aparentemente, claro, mas, por dentro, ela estava. Precisava tirar forças sabe-se lá de onde para que ele não se sentisse culpado numa hora dessas.

Quando chegaram, Miranda estacionou o carro numa baia qualquer e deixou que sua filha fosse na frente, para ver o seu namorado logo. Entretanto, a barraram na entrada do hospital — não a deixaram nem se explicar direito ou pedir informação, simplesmente disseram que ela precisava pegar uma senha e esperar sua vez. A mulher do prefeito ficou uma fera assim que entrou e soube do ocorrido, parecia ter fogo nos olhos. Manoela nunca vira sua mãe assim em toda a sua vida, aquela fora a primeira e única vez, e, anos mais tarde, se sentiu bem de aquele olhar fulminante e aquela postura intimidadora jamais terem sido direcionados a ela. Em suma, ela armara um escândalo que, no dia seguinte, sairia no jornal, mas com um título inesperado: "Mulher do prefeito vira leoa pela filha". O público amou a atitude de Miranda, compadeceu-se com a situação de Manoela e, nas eleições, mudou de ideia e quis Osvaldo como chefe da administração municipal novamente. Ele, porém, só aceitou voltar como vice de um candidato incorrupto do seu partido.

— Não viemos em alta velocidade para você dizer que minha filha não pode entrar e dar adeus ao seu namorado.

— Já falei para aquela menina insolente e volto a repetir, minha senhora, só a família pode entrar naquela ala. Se ela quiser ser atendida por qualquer outro motivo, pegue uma senha e espere ser chamada.

— Você sabe quem eu sou?

Droga! Por que não levara o celular? Manoela se questionava por não poder contatar Adam, Cleber, Sabrina ou quem quer que estivesse dentro do lugar. Estava perdendo um tempo precioso, tempo que não tinha. A verdade é que a recepcionista era um dos cidadãos que não aguentava o fato da família do prefeito usufruir todo o luxo e ainda ter de engolir sua esposa esnobe, por isso sua filha fora retalhada. Do que muitos não sabiam, ou nem ao menos procuravam se informar, é que o dinheiro dos Goulart provinha do próprio Osvaldo, não da cidade.

— Por mim, a senhora pode ser a Rainha da Inglaterra ou até mesmo o Papa, que as regras serão as mesmas. Percebe-se de onde vem a falta de tato da sua filha.

— Olha aqui, sua lambisgoia — esse era o máximo de insulto que a educação de Miranda lhe permitia pronunciar —, você pode falar o que quiser de mim, mas não ouse descontar seus problemas na minha filha. Ela vai entrar, sim, e eu me responsabilizo por isso. Por mim, pode chamar a segurança, o diretor do hospital, o dono do prédio, quem você quiser, mas não arredo o pé daqui enquanto eu não tiver a certeza de que ela pôde se despedir do seu amor moribundo.

A recepcionista abriu a boca sem conseguir pensar numa resposta à altura, pegou o gancho do telefone e ia discando um ramal, provavelmente, para chamar a polícia, mas Miranda pressionou o dedo no botão de desligar e a encarou.

— Eu não faria isso no seu lugar.

— Mãe...

— Sem conversas, vá!

O segurança que estava na porta e se aproximara para ver o motivo da confusão nem ousou contrariar Miranda Goulart, pois a conhecia de longa data: estudaram juntos quando novos, na época em que ela era ninguém, e mesmo assim sempre fora muita coisa.

Manoela correra desesperadamente, como nunca antes, para encontrar o quarto em que Christopher estava. Se é que ele estava num dos quartos. Não sabia por onde começar a revista, até que topou com Adam no fim de um corredor, tomando um café e com os olhos vermelhos, certamente de chorar. Nunca o vira chorando antes. *Hoje é um dia de muitas surpresas, de fato*, pensara consigo mesma.

— Onde ele está? — perguntou ofegante.

— Ali. Mas não deixam ninguém que não seja da família entrar.

— Nós não somos ninguém, somos seus melhores amigos, vamos.

Aquela era a Manoela feroz e altiva, que tinha tudo o que desejasse bem aos seus pés, que não media esforços para obter o que quisesse, contanto que realmente conseguisse. E aquele era o momento ideal para ser do jeito que era. Precisaria de toda a sua esperteza e sedução para entrar por aquela porta e estar ao lado de Christopher nos seus instantes finais. Como não tinha nenhuma enfermeira ou segurança por perto, eles entraram de mansinho na sala vermelha, onde nem mesmo os parentes poderiam ficar, mas cuja presença foi permitida dadas às circunstâncias.

— Manoela! — Marta espantara-se, sem fazer alarde.

— Já não tínhamos combinado que não haveria meias verdades entre nós? — ela dirigiu-se diretamente ao enfermo, com um sorriso singelo no rosto. — Quando você vai aprender que mentir para mim nunca é me proteger, Christopher? Que eu posso me defender sozinha? O que deu na sua cabeça para pedir para não me avisarem que você voltou para cá?

— Tudo vai ficar melhor em breve — sussurrou ele, sua voz quase que inaudível; engasgada entre as palavras —, vocês vão ver. Acreditem em mim.

— Do que você está falando? — Lágrimas rolavam dos olhos castanhos de Manoela. — Não faça isso comigo, por favor. Não posso continuar sozinha, não depois de conhecê-lo. Amá-lo. Christopher... meu lar é você.

Manoela se sentira perdida. Subitamente, percebeu que nunca conhecera realmente Christopher, que sempre esteve ao seu lado, mesmo quando não sabia ou precisava, e agora, de repente, estava sendo arrancado da vida dela tão rapidamente que mal conseguia entender o que se passava. Por que ela não o notara antes? Por que sempre o ignorou? Será que seria diferente se ela soubesse que aquela era a última vez que falaria com ele? Se ele descobrisse da doença mais cedo. Ou se nunca tivesse estado doente. Eles estariam onde estavam? Seriam quem se tornaram? Eram tantos questionamentos que suas faces esquentaram, com o sal das lágrimas queimando conforme rolava por elas.

— Eu vou encontrar o papai. — Ele fitava Cleber e sua mãe com os olhos negros, opacos, como se eles estivessem mais distantes do que realmente estavam; quase tentando alcançá-los com suas palavras. — Prometo que darei um beijo nele por vocês.

— Para de dizer essas coisas, filho. Você vai ficar bem.

— Adam, você está aí. — Ele sorriu sofregamente. — Ei, vença o campeonato por mim. Sei que você consegue.

— Pode deixar, campeão. — Ele chorava emocionado, sentindo-se grato por ter tido a oportunidade e a bênção de ter uma amizade sincera e verdadeira. — Prometo cumprir com a minha palavra dessa vez — brincou, e passou as mãos pelas costas de Manoela, como forma de apoio e um pedido velado de desculpas por tê-la chamado, mesmo que não sentisse muito por isso.

— Sabrina, cuide do Binho por mim, ok?

— Não precisa nem pedir, Chris. — Ela chorava abraçada a seu marido e sua sogra.

— Amo vocês. Cada um de vocês que estão aqui por mim. Se eu tivesse mais um dia de vida, eu não queria passá-lo de outra maneira que não na sua companhia.

— Chris... — Cleber tentara falar, mas não conseguia. Marta também.

— Idem — Manoela disse, e lhe dera um beijo nos lábios.

O último.

Capítulo 16

A dor que sentiam era insuportável. Mas o pior é que não era física, não poderia ser curada por remédios, pomadas ou curativos. Não havia cirurgia a ser feita, pontos a serem dados ou internação para se recuperar. Apenas um vazio enorme. No dia do enterro, de se despedir de Christopher, amanheceu chovendo, o que fazia a saudade apertar mais ainda. As memórias vinham tão fortes que não dava para freá-las. As lágrimas, então, nem se fala!

Cleber tentara se manter ocupado a todo custo, cuidando dos trâmites com o plano de saúde, dos preparativos com o cemitério e das ligações para avisar as pessoas, a fim de não parar para pensar no ocorrido, porque sabia que começaria a chorar e não queria ser fraco. Precisava ser forte pela sua mãe. Mas será que há fraqueza nisso? Christopher se fora e não voltaria, o que significava que ele o perdera. Todos o perderam. Aquela presença cheia de luz faz uma falta danada, sem dúvidas. Não houve um dia desde então em que ele não sentira a falta do seu irmão mais novo, ingênuo e curioso. Sempre se perguntava por que ele os deixara tão cedo, por que teve de partir assim, sem mais nem menos. No mínimo, teve uma despedida apropriada, um último beijo e "eu te amo", à sua maneira.

Nunca mais as coisas foram as mesmas. O elo que unia cada um deles se foi, mas, por incrível que pareça, isso não os distanciou a ponto de não se falarem. Continuaram fazendo parte das vidas uns dos outros. Talvez a morte tenha esse único lado de bom: unir aqueles que ficaram enquanto outros se vão. Porém, não há palavras que sejam suficientes para suprir uma ausência ou para expressar os sentimentos deixados. No duro, a vida é curta demais. Tão curta que nem se nota sua passagem até que ela chegue ao fim.

A hora de dizer adeus chegou, mas nada dura para sempre... Logo, não foi um adeus, não é, nem nunca será. Aquele momento, com rosas e lágrimas, foi mais uma espécie de agradecimento. Manoela, Cleber, Marta, Sabrina, Adam e tantas outras pessoas que foram tocadas pela bondade e afetuosidade de Christopher se reuniram para agradecê-lo por ser quem foi, por representar tanto para eles, ainda hoje, diga-se de passagem, e por ser uma das poucas pessoas a merecerem, sinceramente, o amor.

Manoela sentia falta de Christopher de uma maneira inexplicável, de fato. Até hoje guarda consigo cada mínimo detalhe do seu olhar, do seu sorriso, da sua mania em pôr a mão atrás da cabeça e ficar mexendo no cabelo e do seu jeito bobo e inocente. Relembrava cada conversa, do dia em que se declararam Rei e Rainha da Concha do Mar, do super-herói que inventaram, da dança deles e da sua paixão pela arte. Aprendeu, sim, da pior forma possível, que para ser eterno não precisa durar para sempre... Apenas recordar-se... daquele momento, daquela pessoa, daquela existência... eternamente. Engano de quem pensa que o tempo ameniza tudo, que faz doer menos. Porque não é assim.

Christopher se fora, mas deixou para trás um legado. Um legado de carinho, generosidade e fortitude. Além disso, quando se prontificou a escolher a roupa com que seu irmão seria enterrado, Cleber encontrou em seu quarto um presente para cada um dos que estiveram ao seu lado no seu último suspiro. Quase como se ele soubesse que estava prestes a morrer e quisesse deixar um pedacinho da sua presença com eles. Preso a cada um dos quadros, escondidos dentro do guarda-roupa, estava um bilhete dele direcionado aos seus entes amados. Porém, desabou mesmo quando caminhou até a cômoda e abriu a caixa de madeira de Christopher, onde ele guardava sua lista de desejos. Na relação, havia novos itens desde que a lera pela última vez, e um em questão sem estar riscado.

~~Aprender a surfar;~~
~~Aprender a dirigir;~~
~~Aproveitar as mínimas coisas que a vida pode oferecer;~~
~~Convencer meu irmão a voltar a escrever;~~
~~Comprar um presente bacana para minha mãe;~~
~~Correr na chuva para beijar o amor da minha vida;~~
~~Dar meu primeiro beijo;~~
~~Deixar a timidez de lado;~~
~~Finalmente falar com Manoela;~~
~~Ganhar corpo e deixar de ser magro;~~

~~Imaginar um corte de cabelo legal e fazê-lo;~~
~~Namorar;~~
~~Ser (re)conhecido pelas pessoas que conheço;~~
~~Comparecer ao casamento de Cleber e Sabrina;~~
~~Expor meus quadros numa galeria;~~
~~Ganhar do Adam no videogame;~~
Agradecer por você ser meu herói, Binho.

No verso, um pequeno bilhete em sua caligrafia, dizendo o seguinte:

"A vida é feita de momentos, certo? Há um para cada episódio dela. Alguns são bons, muito bons, na verdade. No entanto, os piores são aqueles em que você deixa de acreditar em si mesmo e passa a duvidar da sua capacidade. Quando os sonhos não parecem mais valer a pena e não fazem mais parte de você; viram apenas isso: sonhos. Mas você acreditou em mim e, acima de tudo, fez com que eu nunca me desacreditasse. Tratou-me como um igual e me ensinou tudo o que sabia. Às vezes, parece que foi real, mas às vezes parece que foram as lembranças de outra pessoa. Obrigado, de verdade. Muito obrigado por cada segundo que passou comigo. Risque meu último desejo quando se sentir preparado. Com amor, Chris."

No interior do recipiente, embaixo da folha de papel amarelada com o texto que o próprio Cleber escrevera para ele e entregara ao fim do dia em que curtiram e fizeram coisas divertidas juntos, ao lado de uma concha bem delineada, havia uma caneta de pena e um tinteiro fechado, do tamanho de um ovo de galinha, mas no formato de um vidro de perfume. Aquilo foi o que Christopher escolheu quando dona Virgínia lhe permitiu que levasse o que quisesse da loja, e era especialmente para o seu irmão. Sua forma de mostrar que ele era imprescindível, que o que ele faz importa e que deveria continuar exercitando sua escrita sempre que pudesse. Enfim, para ele continuar sendo um super-herói mesmo depois de sua morte, usando seu superpoder da mente para os dedos e deles para a ponta impregnada de tinta.

Para Sabrina, uma pintura do casamento dela com Cleber, com a lua iluminando a todos na tela, como havia sido fora dela. Porém, em vez de segurar um buquê, em suas mãos havia uma câmera fotográfica; a impressão que dava ao olhar para o quadro era de que estávamos vendo uma imagem dentro de uma imagem, inclusive, quem admirava os toques do pincel pensava se não estava sendo fotografado também. Christopher tinha esse dom de preencher lacunas com detalhes sutis.

A Adam fora confiada uma obra de arte dividida em três, horizontalmente. De baixo para cima, a base era de um gramado com um verde forte, o pé direito com uma chuteira vermelha no chão, o esquerdo chutando uma bola no ar; o meio era das pernas definidas com um meião até o começo da panturrilha e parte das costas, com o número 9, o mesmo da camisa dele, os braços numa posição como se girasse; no topo, o seu nome bordado, próximo à gola, e o cabelo bem cortado. Parecia uma colagem de figuras que, mesmo divididas, faziam sentido. Juntas formavam o corpo do jogador num campo de futebol. O recado que lhe fora destinado o fez se sentir mal por quem era e bem por ter mudado, um misto de emoções que era difícil até mesmo de ele entender.

"Perdemos muito tempo sem sermos amigos, e me arrependo disso plenamente. Foi um desperdício não termos percebido isso antes. Mas tivemos tantos bons momentos que nem lembro mais de quando não nos falávamos. Acho que isso significa que superamos nossas desavenças e deixamos o passado para trás. Eu sei que eu consegui, espero que você também. Obrigado por tudo o que fez por mim e por estar presente nos meus últimos dias, sua amizade é imprescindível para qualquer um que tenha o prazer de ter você. E, caso ainda tenha dúvidas, faça o que o seu coração manda, mesmo que contar a verdade para sua mãe parta o coração dela. A partir do momento em que você fizer isso, se fizer, a decisão estará nas mãos dela; não se culpe pelo resultado. Ah, a propósito, se empenhe mais nos estudos e treine bastante no FIFA, eu sei que é capaz!"

Como Christopher o aconselhara, Adam contou para Ana Clara sobre o caso de seu pai com Rachel. Ela, por sua vez, pedira um tempo para pensar no que deveria fazer sobre isso. Algumas semanas depois, optou por pedir o divórcio, dividindo os bens que ela e André adquiriram desde quando se casaram e se livrando de uma vida imagética, em que sua função era ser uma esposa de papel, sem identidade própria. André, por outro lado, manteve seu caso com a loira por mais alguns anos, sem nunca a assumir de verdade, sempre a enrolando. Por fim, eles se separaram e ele arranjou outra mulher, uma que não ligava para as suas escapadas. A sua antes amante ficou com uma mão atrás e a outra na frente, pois nunca conseguira engravidar dele para garantir uma pensão fixa.

O presente de Marta fora dado ainda em vida, o abajur de cristal que seu filho mais novo comprara com seu primeiro salário. Todos os dias ela acariciava o objeto como um modo de manter presente a memória de Christopher, dando continuidade à sua história, assim como fazia com o quadro da sala de estar, do cavalo saindo e desviando-se das espumas. Seu bilhete fora incentivando-a a seguir em frente, pois ainda tinha Cleber ao seu lado.

"Fiquei pensando em como agradecê-la pela importância que tem na minha vida, mas logo depois fiquei questionando se as pessoas geralmente fazem isso. Se elas dizem o que sentem enquanto podem, ou se simplesmente deixam para lá porque haverá outras oportunidades de dizê-lo. Às vezes não há, como no meu caso, e isso é o que mais me entristece. Acho que eu gostaria se as pessoas me dissessem o quão especial eu sou, porque eu sou. Quer dizer, todos somos especiais, à nossa própria maneira. Seria bem legal se fizessem isso de vez em quando, assim como eu estou tentando fazer agora. Não quero desperdiçar as chances que a vida me dá de ser feliz e fazer os outros felizes, não quero sentir como se houvesse falhado por não ter feito isso. Quero que todos saibam o quanto são importantes para mim, que sem eles eu não sou nada. Principalmente a senhora. Acho que os pais são os nossos melhores amigos, eu sei que a minha mãe é. Por isso, gostaria de pedir que continue a viver sua vida sem estar presa a mim, à lembrança do que eu fui um dia, pois sei que sempre morarei dentro do seu coração. Por favor, fique bem pelo Binho, ele se faz de forte, mas sei que em parte é fingimento, ele é muito mais sentimental do que demonstra. Talvez queira chorar tanto quanto a senhora, mas acha que não pode, que isso a deixará pior, então faça-o ver que isso é bobeira. Que vocês têm um ao outro para se apoiarem. Eu te amo!"

Manoela Goulart odiava ser chamada pelo nome, sempre preferira o apelido, Manu, mas desde que Christopher faleceu ela pede que as pessoas a chamem pelo seu nome, sem o encurtar. Há alguns anos, ela conheceu o amor verdadeiro. Aquele sentimento capaz de mudar pessoas corrompidas pela escuridão do dia a dia e fazê-las melhores. Christopher nunca será o seu primeiro, mas sempre será o seu único. Por isso, ela nunca conseguiu amar outra pessoa da mesma forma. Quer dizer, se você está comprometido com uma pessoa, não se permite encontrar perfeição em outra. Para ela, ele deixou o quadro que nunca lhe fora pedido para pintar. Em vez da silhueta de um casal, de costas e mãos dadas, a nova tela mostrava a pintura de um casal se beijando, com as mãos para baixo, entrelaçadas, os pés descalços, com pegadas saídas das ondas do mar. Mas não era um casal desconhecido. Era ele e Manoela selando seus lábios um no outro, ao pôr do sol. Tons laranjas e vermelhos, cores quentes, prevaleciam no céu, enquanto cores mais frias, como o azul do mar e um amarelo cor de areia dividiam espaço embaixo. Ambos estavam de uniforme, como na primeira vez em que passearam pela praia de Araruama e encontraram a concha que os tornaria realeza, pintada delicadamente na margem da tela.

"Algo aconteceu da primeira vez em que te vi. Meu coração parou por um instante e pareceu congelar, para logo em seguida disparar e preencher meu corpo não com sangue, mas com calor e vida. Com um fogo que não queimava nada por dentro, mas que despertava cada célula de uma paixão incontrolável, que eu não sabia poder existir. Naquele momento eu soube: fui pego no seu encanto e pertencia a você. Tudo o que importava era estar na sua presença, pois o brilho do seu olhar me deixava cada vez mais fissurado, fazia eu me sentir melhor. A simples menção do seu nome tinha um efeito sedativo em mim. Antes de nos falarmos, sempre que sorria ou dava uma das suas risadas eu me contorcia por dentro por não poder beijá-la sem ser em minha imaginação. Posso afirmar que valeu a pena esperar por isso. Espero ter sido para você o que eu sempre quis encontrar para mim: uma pessoa que nunca te abandone, um ombro amigo e um namorado compreensível, mesmo que por pouco tempo. Nos meus últimos dias, nunca fez tanto sentido a expressão utilizada como "órgão vital". Meu coração não seguia mais o seu ritmo habitual. Muito pelo contrário, creio que vinha agindo por conta própria, à parte do resto do meu organismo, mais vivo do que nunca. Acho que dá para sintetizar essa sensação em um misto de adrenalina e paixão, é a única explicação — o que só fortalece meus sentimentos. Nunca foi tão fácil me perder enquanto penso em você, portanto, vou me ater ao que quero te pedir, e espero que possa cumprir: não mude, por favor. Seja sempre essa

Manoela, a minha Manoela que eu amo com cada fibra do meu ser, e não desista dos seus sonhos jamais."

Após chorar copiosamente, depois de passado o funeral do seu irmão, Cleber sentara-se à mesa da casa que alugara para morar com Sabrina, pegara a caixa de seu irmão nas mãos, que tomou para si, tirara cada uma das coisas de dentro dela e as depositara cuidadosamente na superfície de vidro. Abriu seu caderno de poesias e pensou se deveria escrever um novo texto, mas decidiu parar de sistematizar isso logicamente e somente deixar fluir. Molhou a ponta da caneta no pote de tinta e transmitiu para o papel o que vinha não da sua mente, mas dos seus sentimentos. Ao fim, caso se sentisse confortável, riscaria o item restante da lista de Christopher, aquele que era de sua inteira responsabilidade.

Termino a noite aqui, sozinho, relendo a última carta que me deixou. Um turbilhão de emoções invade meu ser e a garganta dá um nó. Tudo é nostálgico demais! O papel, a letra, as palavras...

O coração fica pressionado dentro do peito, como se pesasse uma tonelada, ou apenas quisesse escapar. Escapar e ser livre. Se ver livre. Livre desse corpo que o prende e não permite que ponha para fora toda a dor e saudade que guardo comigo.

Saudade dos momentos que recordo a todo instante. Das brincadeiras e das perguntas bobas. Dos abraços e carinho que não ganharei mais.

O mais estranho de tudo é ter que continuar seguindo em frente, tirando forças de sabe-se lá onde. Como você conseguia ser assim?

O choro é inevitável.

A cada suspiro dado escuta-se um som melódico saindo de dentro do coração que preenche o espaço com um velho e companheiro sentimento: saudade.

Mais e mais saudade.

Saudade esta que invade a alma e silencia a voz; mexe e enlouquece.

Saudade do que se foi e não irá voltar. Saudade da infância querida, dos entes perdidos, dos tempos que não retornam mais.

Pura e simplesmente saudade.